L'angoisse de la pomme au moment où la branche cède

Serge Farnel

L'angoisse de la pomme au moment où la branche cède

VALENSIN
DAVID REINHARC

« C'est bien la pire folie que de vouloir
être sage dans un monde de fou. »
Érasme

« En toute circonstance,
gardez le sens de mon humour. »
Moi

Prologue

Je vais tout vous expliquer : la paranoïa, la procrastination, les chihuahuas, la paresse décomplexée, l'angoisse de la page blanche, les polémiques, la perte de poids, la haine de soi, les tocs, le racisme, la vie après la mort, tout je vous dis. Vous allez voir, vous allez enfin comprendre. Il fallait juste qu'on vous l'explique clairement.

Je vais vous parler de vous, de nous, tout cela en vous racontant le plus simplement du monde ce qu'il m'est arrivé, et ce dans sa vérité nue. Puisque je vous le dis ! C'est fou, cette manie de tout vouloir remettre en question au prétexte que certaines des choses qu'on lit nous paraissent improbables. Partant de là, doutons de tout : de l'existence d'hommes verts sur Mars et pourquoi pas de celle de Sherlock Holmes quand on peut aujourd'hui visiter la maison dans laquelle il a vécu et où sont exposées sa casquette et sa pipe !

Je vous accorde que certains des faits relatés dans ce livre ne se sont pas toujours précisément passés ainsi que je vais vous les raconter. Mais cela aurait très bien pu être le cas.

Et allez savoir si ça ne l'a pas été sans que jamais nous n'en ayons été informés ! Les chaînes d'info font leur possible, mais ne peuvent pas tout nous dire. Comment ? Elles ne veulent pas tout nous dire ? Comme vous y allez !

Faites-moi confiance : à la fin de ce livre, vous saurez tout du pourquoi des choses !

1

Je me souviens comme si c'était hier de ma première rencontre avec un chihuahua. Alors que je me baladais dans la rue, j'avais aperçu au loin une femme me faisant des mimiques pour le moins explicites qu'elle avait ponctué d'un « Tu viens *pupuce* ? » Je n'avais rien contre le principe, si ce n'est que je la trouvais un peu âgée. Or il m'était curieusement arrivé un moment dans ma vie où je n'étais plus autant attiré qu'avant par les femmes plus mûres que moi. Elle était décorée de tant de diamants qu'elle paraissait se rendre à un bal costumé déguisée en feu d'artifices. Mais peut-être travaillait-elle pour la Brink's dans le transport de fonds, je ne sais pas. Ce que je sais, c'est que j'étais choqué à l'idée que certaines personnes puissent donc penser que l'argent achète tout. Et puis, disons-le, j'étais gêné. En même temps, à cette époque, je l'étais également financièrement. Aussi avais-je engagé quelques pas dans sa direction. Pour voir.

C'est alors que je m'étais rendu compte de ma méprise. C'était en fait à une drôle de chose qu'elle parlait, et dont on me dira plus tard qu'il s'agissait d'un chien. Je regardais la chose qui, en retour, me regardait. Pas un mot. On venait doucettement de s'installer dans une de ces scénettes caractéristiques des westerns de Sergio Leone, à la tension telle que cela peut partir à tout instant. J'avais souvenir d'avoir vécu, par le passé, une telle rencontre du troisième type, mais dans l'océan : je m'étais retrouvé face à un petit poisson qui me fixait attentivement quand soudainement il avait disparu. Je me souviens m'être alors dit : « Tiens, il joue ! » Et je confirme qu'il avait effectivement joué avec mes mollets. Jamais je ne suis, depuis ce jour, parvenu à comprendre où ils les planquent, leurs crocs ! Aussi, et quitte à casser l'ambiance, je décidais d'engager la conversation avec la chose : « On s'connaît ? » C'est alors qu'elle s'était mise à me hurler dessus. Hystérique ! Un hurlement qui, pour emprunter à l'aboiement, me fit suspecter qu'il s'agissait d'un chien, quand bien même son timbre se rapprochait-il lui plutôt de celui d'un pré-ado.

Faisant un mètre quatre-vingt-dix et plus de cent kilos, je m'étais alors demandé s'il existait des ophtalmos pour chiens, ou bien encore des psy susceptibles de les aider à canaliser leur sentiment de supériorité. Je lui avais aussitôt demandé s'il s'était vu. Et c'est à cet instant que je réalisais qu'en effet, il ne s'était probablement jamais vu. Je sortais mon smartphone, le mettais en mode miroir, et pendant qu'il aboyait, le lui plaçais devant la truffe. Si ce n'est que ce qu'il voyait étant un chien qui aboyait, il s'était mis à aboyer plus fort. Le chien aboyant plus fort, il lui avait montré les crocs. Le chien lui avait alors montré les siens. Et là, je n'avais pas eu le temps de rapatrier mon portable que déjà il était dans sa gueule. Et pas qu'à moitié ! Oui, c'était un petit portable. Et de souvenir, le chien avait une grande gueule. Et puis ce chien, disons-le, n'était pas comme les autres : il était disproportionné et je ne vois pas pourquoi on lui aurait interdit de faire partie de mes personnages au prétexte de sa différence ! Toujours est-il qu'il avait essayé d'avaler mon portable ! Il avait dû, la veille, voir un documentaire animalier et se dire que si l'anaconda pouvait avaler un cochon, il ne voyait pas pourquoi lui n'aurait pas pu en faire autant avec un portable. C'est que le chihuahua ignore qui il est !

J'avais tenté de récupérer mon appareil, mais le chien était venu avec. Non qu'il s'y accrochait : le téléphone devait être bloqué entre les molaires du fond. Le chihuahua m'avait regardé d'un air désespéré, comme s'il me demandait de ne pas le laisser comme ça. Avais-je seulement le choix ? Je ne me voyais pas expliquer à mon assurance que mon mobile était resté coincé dans la gueule d'un chihuahua ! C'est alors que les pupilles du chien étaient passées du mode inquiet au mode panique. Il faut dire que quelqu'un tentait de me joindre sur mon téléphone alors en mode vibreur. Et quand vous n'avez jamais fait l'expérience de la brosse à dents électrique, il faut admettre que cela peut surprendre. J'avais délicatement soulevé le museau du chien pour constater que m'appelait la société chez laquelle j'avais déposé un dossier de candidature pour un poste. Un poste qu'il me fallait absolument décrocher. Et pour ce faire, l'appel, il me fallait le décrocher. Et pour ça, la mâchoire du chihuahua, il allait bien me falloir la...

J'essayais tout de même de m'y prendre autrement, ce que je fis en tentant de glisser mon index jusqu'au bouton me permettant de décrocher l'appel, et ce sans me faire mordre. Heureusement, l'écouteur était à l'extérieur de sa gueule, seul le micro étant à l'intérieur. J'attrapais par l'abdomen le chihuahua qui aussitôt s'était mis à grogner. Aussi effectuais-je une légère pression sur son thorax, ce qui l'avait conduit à baisser ses prétentions, se contenant désormais de couiner. J'avais donc pu engager la conversation téléphonique avec le chargé de recrutement à la SPA. Il m'annonçait avoir été séduit par mon engagement en faveur des animaux, mon dossier de candidature ayant été retenu. Après avoir raccroché, je n'avais malheureusement pas pu accéder à ma messagerie pour avoir le numéro de téléphone de son assistante que je devais impérativement appeler pour signer le contrat. Aussi j'avais fait pivoter le chihuahua qui avait, je le sentais, compris que je tenais à ce poste. C'est qu'elles ont du flair, ces petites bêtes !

C'est alors que sa dame de compagnie nous avait rejoint, complètement affolée : « Mais qu'est-ce que vous avez fait à mon chien ? Il a la gueule de travers ! » En effet, je confirme que la mâchoire du chihuahua ne fonctionne pas comme celle de l'anaconda. Elle n'en finissait de pester, se plaignant par ailleurs que je lui avais parlé comme à un chien. Elle devait faire partie de ces dames qui considèrent qu'il ne leur manque que la parole, oubliant que ce n'est toutefois pas toujours à l'avantage de ceux qui l'ont acquise. Qui sait ce que ce chien lui aurait dit s'il l'avait eu ? « Alors, la vieille, j'ai les crocs, tu la fais péter, la gamelle ? » Tout est envisageable.

La deuxième fois que je vis un chihuahua fut à l'occasion d'une balade en mer, ce alors que j'observais des dauphins nager tout en suivant avec grâce notre bateau. Quand on pense que le dauphin est le résultat de l'évolution du chien une fois revenu dans l'eau ! Aussi faut-il éviter de se baigner trop longtemps dans la mer. Je me souviens de cette dame qui, non loin de moi, également les contemplait. L'un d'eux s'était approché d'elle et, apercevant le chihuahua qu'elle tenait alors dans ses bras, a dû je pense se dire qu'il avait bien fait de revenir.

Pour autant, je ne suis pas certain que le chihuahua soit le produit de l'évolution, quand on sait, depuis Darwin, qu'il lui aurait pour cela fallu au moins avoir un facteur de succès, même petit. Ceci dit, on les a tous vus tenter le *moon walk* en donnant des coups de pattes en arrière sur le trottoir, ce qui laisse supposer que leur cerveau reptilien aurait en mémoire le temps où ils vivaient dans la nature.

De récentes découvertes indiquent qu'il aurait un temps existé en sécurité à l'époque des dinosaures, ces derniers ne le calculant pas. Ce n'était pourtant pas faute pour lui de leur aboyer dessus, de leur montrer les crocs et même de les mordre aux mollets, le chihuahua ayant très tôt eu des problèmes à se représenter par rapport aux autres. On peine à saisir comment il a fait pour survivre dans cette ambiance, lui qui ne pouvait avoir de proie, mais que des prédateurs. Même aujourd'hui, lâché dans la nature – quand je dis la nature je veux dire en dehors de Neuilly –, il ne tient pas la journée… à moins de trouver une famille de rats pour le cacher.

On dit qu'ils auraient misé sur un mammouth venant de mourir dans une grotte pour passer l'hiver. Si ce n'est qu'à cette époque, l'hiver a été long. On parlait alors d'un « refroidissement climatique dû au manque cruel d'industries polluantes ». Les climato-sceptiques, eux, n'adhéraient pas à cette thèse : des irresponsables ! Ce serait en tout cas grâce à ce mammouth qu'ils auraient passé le premier hiver, le deuxième, le troisième, et finalement l'ère glaciaire.

Il leur aura fallu néanmoins se méfier des dinosaures carnivores. Ainsi aurait-on récemment découvert une mâchoire de *Vectaerovenator inopinatus* (je ne sais pas lequel est le prénom) avec un fossile de chihuahua entre ses dents. Ceci a permis de montrer qu'il n'était pas si petit qu'on le pense : il mesurait en effet presque le double de la dent du reptile ! On a entendu toute sorte de blagues suite à cette découverte, dont le fait qu'il était devenu tendance pour les dinosaures qui, mine de rien, aimaient faire la fête, d'amener en soirée un bol de chihuahuas comme amuse-gueules. Plus sérieusement, on aurait découvert à côté de la mâchoire un tronc d'arbre dont les paléontologues pensent qu'il s'en serait servi comme cure-dents. Le fossile du chihuahua avait lui-même des petits os de mammouth entre les dents. Aussi cette découverte nous a-t-elle permis de reconstituer l'ensemble de la chaîne alimentaire. Le chihuahua utilisait, lui, les piques du hérisson pour enlever les bouts de mammouth. Quand on pense que le hérisson existe depuis quinze millions d'années exactement sous la forme telle que nous le connaissons aujourd'hui ! Aurait-il imaginé que son futur prédateur serait plus tard le pneu de voiture ?

Les chihuahuas ont vraiment du mérite de vivre parmi nous. C'est comme si on avait, nous, vécu à l'époque des dinosaures. C'est quelque chose, quand même, les chihuahuas : ils aboient, il remuent de la queue, ils font le beau, ils font tout comme des chiens. Aussi a-t-on vraiment l'impression que ce sont des chiens.

2

Eh bien figurez-vous que j'ai eu deux fois un chihuahua ! La deuxième fois, c'était pour faire plaisir à Lili. Lili ? Laissez-moi vous raconter comment on s'est rencontré. C'était du temps où j'avais décidé d'acheter un appartement. Quand mon banquier m'avait accordé le crédit, j'avais aussitôt consulté mon calendrier, considérant qu'eux aussi avaient le droit de s'amuser le 1er avril. Puis je m'étais demandé quels seraient mes critères. Je n'avais plus besoin d'un grand espace depuis que ma femme m'avait quitté pour mon banquier dont le crédit accordé marquait sans doute son impatience de me voir libérer les lieux. Je n'avais, par ailleurs, plus besoin d'un bac à sable à proximité pour balader mon premier chihuahua qui venait de succomber aux preuves d'amour du dogue allemand de mon voisin. Ma maîtresse, celle que ma femme avait découverte avant de me remplacer par mon banquier, avait posté sur les réseaux sociaux des photos de moi dans le plus simple apparat, tout cela pour se venger de la relation que j'avais entretenu avec ma propre femme dont j'avais, il est vrai, omis de lui parler.

Je cherchais donc un appartement convenant à mon projet d'avenir qui était d'en finir. J'aurais certes eu la possibilité d'aller demander à un jeune du « neuf-trois » de bien vouloir mettre son masque, mais je préférais que cela se passe chez moi. J'étais allé visiter un appartement dont l'annonce me paraissait correspondre à mes critères. Dans l'escalier, j'emboîtais le pas de mon agent immobilier, une jolie femme dont j'étais aussitôt tombé sous le charme tandis qu'elle semblait, en retour, être tombée sous celui de mon dossier. Elle m'avait invité à la précéder, ce à quoi je lui avais répondu ne pas connaître le chemin vers le cinquième. Un étage de plus et elle me redonnait goût à la vie !

Cinq étages était, à mon sens, le minimum pour ne pas prendre le risque de se retrouver, à défaut d'ascenseur, un jour coincé sur une chaise en bas des escaliers, le maximum pour ne pas prendre celui d'avoir le temps de regretter le saut une fois lancé. J'évaluais la hauteur sous plafond qu'il me fallait grande pour ne pas me retrouver la corde au cou et les pieds au sol, ce qui n'aurait, convenons-on, présenté qu'un très faible intérêt. Or je ne me voyais pas, une fois chez moi, aller me faire pendre ailleurs. Je m'étais ensuite enquis de savoir si le chauffage était bien au gaz, ce à quoi mon interlocutrice m'avait répondu qu'il l'était à tous les étages. Je n'avais toutefois pas à me préoccuper des projets de mes voisins, mais à rester concentré sur le mien, ce tout en gardant un œil avisé sur la géopolitique afin de ne pas me retrouver dans la situation de cet homme qui, pour avoir un soir annoncé sur les réseaux sociaux sa décision de mettre fin à ses jours par le gaz, était devenu célèbre au point de faire des *One man show* un peu partout en France. Il ignorait que la Russie venait alors de couper l'approvisionnement en gaz vers l'ouest de l'Europe.

Au moment de visiter la chambre, la femme s'était assise sur le lit, me suggérant de tester moi-même le « matelas en latex cent pour cent naturel » dont elle m'avait indiqué qu'il faisait partie du lot, ce à quoi je lui avais demandé si elle-même en faisait partie. Il faut dire que j'avais regardé la veille un film dont les dialogues avaient été écrits par un parolier réputé de films x. C'est qu'il y a eu toute sorte de dialoguistes depuis Platon. Bien d'ailleurs m'avait pris de ne pas avoir regardé *Autant en emporte le vent* avec les quatre heures d'approche de Clark Gable !

J'avais alors changé de projet d'avenir. Avec Lili, on a, un temps, formé un couple heureux dans notre petit appartement. Elle voulait un petit chien en raison de la faible superficie. « Et quand on aura les moyens de prendre un plus grand appartement », avait-elle ajouté, « on prendra un chien plus grand. » Je m'étais alors demandé si, à l'instar des poissons qui grandissent quand on augmente la taille de leur aquarium, nous n'aurions pas gagné à lui donner sa chance. Voilà en tout cas comment, ne m'imaginant pas refuser quoi que ce soit à Lili, je m'étais, une fois de plus, retrouvé à partager ma vie avec un chihuahua.

3

J'aurai donc, avec Lili, un temps vécu heureux, tout en harmonie. Mais alors qu'elle attendait que je lui fasse ma demande en mariage, je ne faisais que la reporter. Aussi me quitta-t-elle. J'avais pourtant, mais sans succès, tenté de lui expliquer avoir été rattrapé par un de mes vieux démons consistant à tout remettre au lendemain. Un vice qui ne me coûta pas que ma femme et mon chien, mais aussi mon travail, mon patron ayant fini par se lasser de mes sempiternelles explications des raisons pour lesquelles je reportais au lendemain ce qu'il me demandait de faire : « Je vous explique. Hier, j'avais décidé de reporter le rendez-vous d'aujourd'hui afin de me permettre aujourd'hui de faire les choses que je comptais hier reporter au lendemain, ce afin de faire hier celles que je n'avais pu faire la veille. Si ce n'est qu'hier, je n'ai pas pu sur l'instant reporter ce rendez-vous d'aujourd'hui et ai donc reporté la tâche de le reporter. Aujourd'hui, je me rends compte que j'ai oublié de le reporter. Pas de reporter de le reporter : ça, je ne l'ai pas oublié. Mais de reporter mon rendez-vous d'aujourd'hui. Que je vais reporter ! Dès que j'aurai fait aujourd'hui ce qu'hier j'ai reporté à aujourd'hui pour me permettre hier de reporter mon rendez-vous d'aujourd'hui. On ne peut pas tout faire à la fois ! »

Le problème que j'ai, est, dit-on, de la procrastination. C'est le fait de remettre quelque chose au lendemain. Je le dis comme ça pour éviter de dire « remettre quelque chose à demain », des fois que je ne pourrais pas me retenir de dire que « les manchots ne peuvent donc pas être procrastinateurs ». Parce que là, on parle sérieusement. Procrastinateur.... Je ne sais pas qui a inventé ce terme, mais celui qui en souffre gagnerait à ne pas zozoter : « On est là pour vous aider. Mais si vous ne nous dîtes pas clairement ce dont vous souffrez, on ne pourra rien faire pour vous ! »

Il y a de grandes lignées de procrastinateurs. Schubert, le compositeur de « La symphonie inachevée », faisait partie d'une telle lignée. Dans ces lignées, on est procrastinateur de père en fils. C'est le cas d'un de mes amis qui passe son temps à remettre une chose au lendemain depuis que son père est mort, une chose que ce dernier aurait dû faire, mais qu'il a lui-même reportée au lendemain chaque jour de sa vie. Et cette chose, il la tenait de son propre père, et ainsi de suite. L'héritage qu'ils se transmettent dans ces familles, ce sont des choses à faire, des choses que vous ne trouverez jamais couchées sur un testament, ce qui n'est pas faute d'avoir pensé à le faire. Ce sont des gens qu'il faut prendre au pied de la lettre lorsqu'ils vous disent qu'ils feront telle chose dans une autre vie.

Ces choses datent parfois d'il y a si longtemps qu'ils ont fini par oublier ce qu'ils devaient faire, se souvenant juste qu'il y a quelque chose à faire, ignorant depuis quand ils ne savent plus ce qu'ils doivent faire. Parmi les choses à faire, il y en a heureusement de pratiques en ce qu'on ne peut pas les oublier : payer ses créanciers, par exemple. Eux jamais ne reportent au lendemain de vous le rappeler. Mais qu'en aucun cas cela ne vous prive, vous, de reporter le paiement. Ceci dit, il pourrait être dans votre intérêt de ne pas le reporter dès lors qu'il serait dans le leur que vous le fassiez. Mais nous ne parlons pas ici d'un intérêt de même nature.

Ce que mon ami sait, c'est qu'un de ses ancêtres s'est fait guillotiner pendant la Révolution. Il avait été arrêté et on lui avait demandé, pour avoir la vie sauve, qu'il mentionne sur papier la liste de ses complices. Il était, dit-on, disposé à le faire, sauf qu'il n'arrêtait pas de le reporter, moins par procrastination que par souci de ne pas perdre de temps et d'ainsi profiter de la vie comme s'il allait mourir demain. Je me demande si, lui, la veille de son exécution, savait ce que son père lui avait légué comme chose à faire. Toujours est-il que ça aussi, il l'a reporté au lendemain.

Mon psy m'a dit qu'on repérait les procrastinateurs à l'aide de symptômes telles que des phrases du type : « On voit ça demain », « J'y réfléchis aujourd'hui », ou plus simplement « À demain ». Les procrastinateurs ne remettent au lendemain qu'autant que faire se peut. Aussi m'a-t-il dit qu'une chance de me guérir serait qu'on tombe sur un jour sans lendemain. Or on n'a pas plus vu de jour sans lendemain qu'un jour qui n'en soit pas un lui-même. Ce n'est en tout cas pas demain la veille que cela arrivera. À moins que notre terre s'arrête de tourner. Ou d'aller vivre aux pôles. Là-bas, quand on remet au lendemain, on remet à un an.

Mon psy a tout de même tenté de me guérir : d'abord en me demandant de vivre l'instant, sans penser au lendemain, et faute d'y parvenir, en procédant par étapes afin que ce ne soit pas traumatisant. Aussi, plutôt que de remettre au lendemain, on a coupé la journée de vingt-quatre heures en deux demi-journées de douze heures. Il m'a suggéré de remettre ce que j'avais à faire dans douze heures. Au début, ça a été un peu difficile. Mais j'y suis parvenu. Alors on est passé à six heures, puis à trois, et ainsi de suite. Quand je suis arrivé à la minute, il a fallu arrêter : je passais mon temps à remettre la même chose à la minute suivante. C'était très chronophage.

On se trompe sur les procrastinateurs. Ils ne reportent pas les choses pour s'en débarrasser, mais au contraire pour les garder à faire, et toujours y penser. Ce sont des gens sensibles, et ces choses qu'ils reportent, ils ont fini avec le temps par s'y attacher. Ce sont des gens fidèles.

Il y a tant de choses, une exécution, un pogrom, dont on eût souhaité que ceux qui les firent les reportent au lendemain. Et puis d'autres, comme se nourrir, pour certains reportées au lendemain sans pour autant souffrir de procrastination.

Ça y est, je me souviens de cette chose à faire, de cette chose que, dans la famille de mon ami, on se lègue de père en fils et qu'il faudrait maintenant qu'il cesse de reporter au lendemain. Et cette chose, c'est vivre.

4

Il faut que je sois honnête : la procrastination n'a toujours été pour moi finalement qu'un moyen de ne rien faire. Je suis même allé jusqu'à dépenser toute mon énergie à tenter de faire en sorte de ne rien faire. En cela, je suis, je crois bien, l'opposé de mon père. Que voulez-vous ? C'est ça, d'être joueur : j'aurai été une carte demandée au croupier du Black-jack de sa vie. L'espèce humaine, c'est une partie sans fin. Voilà donc ce qu'il a fait en participant à ma conception. Et il est loin d'être le seul. Pas à avoir participé à ma conception : un peu de respect pour ma mère ! Il n'est pas le seul à jouer à cette formidable loterie de la Mondiale des jeux qui dure maintenant depuis des millions d'années. À la Française des jeux, avec le loto, vous avez une chance sur vingt millions de toucher le gros lot, et ce seulement si vous avez le numéro complémentaire. À la Mondiale, vous avez une chance sur mille de le toucher, et ce sont eux qui vous offrent le numéro complémentaire… sur le chromosome 21. Et ce n'est pas tout ! Ils font une offre senior : jouez après quarante ans et vous n'aurez plus qu'une chance sur cent de gagner.

Je veux bien qu'on soit accroc au jeu, mais enfin qu'on joue avec son argent et qu'on arrête de leur permettre de miser sans arrêt en faisant des emprunts sur le Néant ! C'est que le droit à l'enfant, c'est devenu une addiction. Jusqu'à les faire porter par des ventres desquels on va ensuite les arracher tandis qu'on prive les veaux des mamelles de leur mère, ce afin de les nourrir avec des briques de leur lait achetées dans les hypers ! Que ceux qui ont fait tomber le puzzle veuillent bien remettre les pièces dans l'ordre !

Le cas de mon père est un peu particulier : pour rejouer après avoir vu autour de lui des gens perdre toute leur mise à la partie précédente, la Shoah, il faut vraiment être un joueur invétéré ou bien d'un optimisme à toute épreuve. Lui, c'est un optimiste. Il fait partie de ceux qui disent « seconde guerre mondiale » au lieu de « deuxième guerre mondiale », quand on sait qu'on réserve l'usage de « second » aux énumérations qui ne vont pas au-delà de deux. Ou bien encore de ceux qui disent « à demain » quand ils quittent leur bureau.

Et puis positif ! En général, ça va de pair. Tellement que même à un électron il lui demanderait d'être positif. S'il a fini par faire une croix sur ses rêves de sport à haut niveau, c'est je pense qu'il savait qu'il ne passerait pas les tests de dopage. Quand je travaille sur un projet, il sait toujours trouver le bon mot pour m'encourager : « Courage, tu n'as jamais été si près de la fin. » La même phrase, mot pour mot, qu'il me disait un an jour pour jour sur le même projet. Dès lors que l'on évite de dire ce genre de phrases à un gars en phase terminale ! Son père, lui, était un pessimiste, sans quoi il n'aurait pas quitté Paris avant la grande rafle. En tout cas, me voilà : conjonction d'un grand-père pessimiste et d'un père optimiste.

Dernièrement, il m'a demandé : « Alors, c'est quoi tes projets d'avenir ? » Moi, je lui ai répondu : « Mourir. » Il m'a tiré une tronche grande comme ça ! C'est que nos parents préfèrent que nous disparaissions quand ils sont déjà loin. Il faut les comprendre : l'homicide de la conception est tout sauf involontaire. Sans doute une façon pour eux de tenter d'échapper à la justice. Après moi, le déluge, en somme. Moi, si je n'ai pas fait d'enfant, c'est pour avoir constaté qu'aucune place ne s'était libérée au cimetière. Si c'est pour qu'ils passent leur éternité dans une urne !

Je lui ai alors dit : « Ah tu veux parler des projets dont on ne sait pas s'ils vont se réaliser ? » Aussi lui ai-je parlé de mon projet de ne rien faire. On connaît tous des gens qui ont fait mille choses dans leur vie sans rien faire de celle-ci. Mais en retour, ne rien faire dans sa vie ne signifie pas nécessairement ne rien faire de celle-ci. Aussi si je comptais vraiment aller au bout de mon projet, je devais parvenir à ne rien faire, sans pour autant donner un sens à ma vie, car lui donner un sens, cela aurait été faire quelque chose. Quand je lui parle de ce projet de ne rien faire, il me répond du tac au tac : « Fais pas l'con ! » Compte tenu de la nature du projet, je lui explique qu'il n'a pas à s'en faire. C'est alors qu'il me dit que je suis un « feignant ». Aussi de deux choses l'une : soit il maîtrise l'étymologie de ce mot et pense que je feins de ne vouloir rien faire, auquel cas il se trompe ; soit il ne la maîtrise pas, se trompant en pensant dire que je « fais néant », auquel cas toutefois, et c'est là l'essentiel, il aura donc saisi la nature du projet. Ayant fini par comprendre que je ne plaisantais pas, il me demande si mon projet est vraiment de ne rien faire, ce à quoi je lui répond : « Autant que faire se peut. » Alors il me regarde droit dans les yeux et me dit : « Quand on veut on peut ! Fonce ! »

Mon père, c'est un hyper actif. Si ne rien faire avait été son projet, il l'aurait fait à fond. S'il faisait lui-même le ménage, je n'ose imaginer le génocide contre les acariens ! Ça me fait penser qu'il faut se méfier des hyper actifs en général. Un jour, il m'a dit, l'air triste : « À force de travailler, je ne t'ai pas vu grandir. » Et puis il a dû partir parce qu'il avait des choses à faire. Et quand on ne sera plus là, on fera comment avec tout ce qu'il nous restera à faire ?

Il m'a dit que quoi que je fasse, il fallait que je sois le *number one*, ce à quoi je me suis demandé si je n'avais pas choisi un projet trop concurrentiel, s'il n'aurait pas plutôt fallu que je tente de me spécialiser par exemple dans la réparation des becs d'aigrette ornant les girouettes de toits. Mais je m'étais déjà engagé dans ce projet de ne rien faire.

Je ne savais toutefois pas par où commencer. « Commence par le début », m'a-t-il dit. Mais comment donc savoir où est le début d'un film dans lequel rien ne se passe ? Imaginez un projectionniste tentant de placer la bobine en regardant les images afin de se repérer : « Vous avez mis le film à l'envers ! Il démarre par le générique de fin ! » « Pas de souci, ça change rien à l'intrigue ! »

Aussi est-ce sur la pointe des pieds que je suis entré dans ce projet. Au début, ça n'a pas été simple : il y a toujours quelque chose à faire. Tenez, votre chemise est froissée. Et pour qu'elle se défroisse seule, vous repasserez ! Tenez encore, en parlant du ménage : vous avez décidé de ne rien faire, mais si vous ne faites rien, vous ne faites donc pas le ménage, et que va-t-il se passer ? Rien ? Eh bien non : formation de poussière. C'est le second principe de la thermodynamique : le désordre croît avec le temps, également connu sous le vocable : « Chi va futuro va bordelo », et que tous les ados connaissent sous une autre forme quand leur mère débarque dans leur chambre et gueule : « C'est le foutoir, bordel ! »

La femme de ménage est précisément celle qui se bat chez vous contre la croissance de l'entropie thermodynamique. La *Jedi* de la poussière ! Mais si donc elle fait le ménage chez vous, est-ce à dire que vous ne faites rien vous-mêmes ? Non, puisque vous lui avez délégué le travail. Or pour ça, il vous faut la payer. Et pour ça, il vous faut gagner de l'argent. Or pour ça, il vous faut faire quelque chose. Là, je me suis dit que ça n'allait pas le faire. Sauf si vous vous faites sponsoriser par une marque qui aurait intérêt à s'associer à un projet consistant à ne rien faire. À chaque projet, un sponsor. Regardez *Monsieur Propre*, je ne serais pas étonné que sa tête finisse un jour au centre des cibles des terrains de curling. Alors j'ai cherché un sponsor.

J'ai d'abord pensé à Pôle Emploi. Mais ils n'étaient pas certains que s'associer à mon projet consistant à ne rien faire soit le meilleur des messages à l'endroit de leur cible. C'est quand je leur ai demandé si je pouvais bénéficier de leur part d'une aide financière pour créer mon activité consistant à ne rien faire que je les ai vraiment senti s'impatienter. Je n'ai pas insisté.

J'ai alors pensé à me faire sponsoriser par un grand centre de méditation. La méditation consiste à ne rien faire et surtout pas penser que vous méditez au moment où vous méditez au risque de ne plus méditer. C'est la chose que vous commencez à faire sans même vous rendre compte que vous le faites. Je me souviens de cet ami qui, en réponse à ma question de savoir où il en était de son projet de faire de la méditation, m'avait répondu : « J'y médite ». Eh bien, il avait démarré sans le savoir. Aussi méditer serait l'unique façon de faire en sorte de ne rien faire. Car ne rien faire, comment ne pas le faire si votre intention est précisément de ne rien faire, donc de le faire ? Tandis que méditer, dès lors que vous le faites tout en pensant que vous le faites, vous ne le faites plus. Si ça, c'était pas le truc à faire !

À force de chercher, j'ai fini par trouver un moyen de financer mon activité consistant à ne rien faire. Pendant plusieurs mois, je me suis levé tous les matins à sept heures pour être au studio de C8 à huit, le temps qu'ils m'installent leurs électrodes sur les tempes. C'est qu'afin de s'assurer que je ne faisais vraiment aucune activité, le bas de l'écran sur lequel j'apparaissais pendant les huit heures de la journée reproduisait mon activité cérébrale. Les téléspectateurs, qui d'habitude ne font rien, ne faisaient maintenant rien qu'à me regarder ne rien faire tout en scrutant d'éventuels frémissements de mon électro-encéphalogramme, d'autant que C8 avait fait un partenariat avec la Française des jeux pour qu'on puisse parier chaque jour chez les buralistes sur l'amplitude de la courbe. Du coup, certains boursicoteurs avaient délaissé Bloomberg pour C8. Même si les téléspectateurs n'avaient pas eux-mêmes d'électrodes, on supputait que leur courbe était la même. Aussi la chaîne avait-elle considéré que plus la mienne était basse, plus grand était leur temps de cerveau disponible pour les annonces.

J'étais devenu un exemple. C'était avec moi devenu très tendance d'être payé à ne rien faire. « Que fais-tu dans la vie ? » « Rien. » « Respect. » Quant à mon père, il était aux anges, car dans mon créneau, j'étais le *number one* Il m'avait dit, comme ça : « J'ai toujours su que tu ferais quelque chose de ta vie. »

5

Et puis les meilleures choses ayant une fin, tout s'est arrêté en raison de l'épidémie de Covid. Je me suis, comme beaucoup, retrouvé confiné chez moi. Quand j'ai expliqué à l'administration la nature de mon activité consistant à ne rien faire, celle-ci n'a pas jugé utile que je me déplace tous les jours sur le lieu de mon travail. Aussi allais-je dorénavant poursuivre chez moi et bénévolement cette activité.

Le confinement avait démarré depuis deux ou trois jours. Je tournais en rond, me demandant quoi faire, lorsque je me suis souvenu que je n'avais pas encore dépensé mon capital balade. Aussi, un peu avant vingt heures, je sortis avec pour prétexte de faire quelques courses. J'achetais du pain, le journal, et revenais chez moi tout en me disant que les journées interminables de confinement allaient pour la première fois me permettre de lire un journal entièrement. C'est alors que les deux mots se mirent en moi à se cogner entre eux : confinement, journal, confinement, journal... jusqu'à faire une étincelle. L'idée du siècle : faire un journal de confinement ! Aussitôt des gens à toutes les fenêtres s'étaient mis à m'applaudir sur mon chemin. Je cachais mon journal. Pas la peine de leur permettre de faire eux-mêmes l'association d'idées. Car tant qu'on ne pense pas au confinement avec un journal sous le bras, cette idée ne peut pas venir comme ça !

Aussitôt chez moi, et dans un état d'excitation digne de Montaigne quand il s'est essayé à l'observation de ses contemporains, je m'installais à mon bureau, sortais un cahier vierge, et sur la première page écrivais : « Journal de confinement. » En dessous : mon nom et mon prénom. Sourire de satisfaction. Je rentrais ma langue et fermais ma bouche. Le problème était qu'il me fallait maintenant écrire quelque chose. Je tournais la page. Puis une autre, en prévision de la préface. Je me mis alors à regarder par la fenêtre. Et j'attendis. J'attendis qu'il se passât quelque chose. Parce que s'il ne se passait rien… Il se passa dix minutes, vingt minutes, une demi-heure : c'est tout ce qu'il se passa. Je regardais si par hasard il y avait un passant. Eux au moins, ils passent. C'est même leur raison d'être. Mais je donne sur une rangée de petits jardins et de cours intérieures. Et on n'a jamais vu un passant passer par un patio. Aussi perdis-je patience.

Il arrive toutefois un moment où la nature se rappelle à vous. Mais quitter mon bureau aurait été prendre le risque qu'il se passât à cet instant ce à côté de quoi il ne fallait pas passer. Il eût été possible que j'aille là où il fallait que j'aille pour faire ce que j'avais envie de faire, que je revienne tout en retrouvant les choses comme elles étaient, et que le soir venu, une chaîne d'info nous racontât les circonstances dans lesquelles ils avaient attrapé un virus mutant de la Covid gros comme une montgolfière posé sur l'arbre juste devant ma fenêtre. Allez savoir ce qu'il peut arriver ! Des choses arrivent que l'on n'imagine pas, rien d'ailleurs ne nous empêchant de les imaginer s'il arrivait qu'elles n'arrivent pas. Elles arrivent parfois une seule fois et à un seul endroit. Et si vous n'y êtes pas, c'est tant pis pour vous. Pour autant, il ne fait pas bon être à la place de celui qui tente ensuite de nous convaincre qu'il a bien vu ce qu'il prétend avoir vu. Regardez Moïse !

Aussi je décidais de rester aux aguets tout en scrutant l'arbre en face. Au bout d'une demi-heure, je cherchais un éventuel nid, mais l'arbre était vide. J'imaginais alors toutes ces histoires à côté desquelles je venais ainsi de passer, en commençant par la fabrication du nid. Entre les deux oiseaux qui vont chercher des branches et ces deux mêmes oiseaux qui en ramènent, il y aurait eu moyen, en s'y prenant bien, de remplir une demi-page, ce sans compter leur description, entre leur couleur, le fait qu'ils aient un bec et des ailes, ce qu'il est toujours bon de rappeler. Avec un peu de chance, la femelle aurait été dépareillée, auquel cas j'aurais pu écrire deux fois plus. Avec un peu de chance encore, un corbeau serait arrivé, marchant de travers, l'air de ne pas y toucher, pile au moment où les parents seraient allés chercher de quoi manger pour leurs oisillons. Cela aurait pu être tragique. Et moi, en première ligne, j'aurais filmé et envoyé tout ça à BFM.

BFM, c'est la chaîne d'info pour les nuls. Ils vous répètent la même info dix fois par jour pour être sûrs que vous comprenez. Il paraîtrait toutefois qu'une fois qu'on a compris, on aurait le droit d'éteindre. Il y en a qui n'ont toujours pas saisi ça. C'est le cas de ce jeune homme qui a fini en garde à vue pour avoir, dans le bus, tabassé une infirmière qui lui avait demandé de mettre son masque. Il paraîtrait que c'est quand elle a prononcé « geste barrière » qu'il aurait perdu le contrôle.

Au moins s'il avait plu ! Même pas un nuage pour en décrire la forme, qu'elle soit de montagne, de gâteau ou de Schtroumpf. De toutes les manières, avec ma chance, un nuage serait apparu, il aurait été carré. Il y a bien le jour qui baissait, mais qu'est-ce qu'il le faisait lentement !

C'est alors qu'une petite loupiote s'alluma chez le voisin d'en face ! Je saisissais mon cahier et écrivis une ligne. Il s'assit à son bureau, me regarda, ouvrit son ordinateur et se mit à écrire : probablement un e-mail qu'il envoyait à son chef. Avec le confinement, ils étaient beaucoup comme lui à s'être mis au télétravail. J'écrivis donc qu'il écrivait, ce qui me permit d'écrire une deuxième ligne.

Voilà donc où j'en étais. Faute d'avoir le choix, j'avais décidé que mon journal de confinement serait centré sur l'observation de ce voisin. Et comme je ne pouvais pas passer mon temps à écrire qu'il écrivait lui-même, j'eus comme idée de tenter de l'observer également quand il était de sortie. Heureusement, j'avais une vue plongeante sur le bas de sa maison, ce qui me permettait de savoir quand il la quittait. Mais invariablement, il me semblait qu'il repoussait son heure de sortie, comme s'il attendait à chaque fois quelque chose qui jamais n'arrivait. Parfois, je ne pouvais plus attendre qu'il sorte car je devais faire mes courses avant la fermeture du Monoprix. Je l'y trouvais alors également en train d'y faire les siennes, ce qui ne manquait pas de me surprendre étant donné qu'il avait pour habitude de les faire à l'Intermarché où je le suivais quand il sortait avant moi.

Une fois que nous rentrions, nos courses à la main, lui devant moi, en provenance d'un supermarché (je ne sais plus lequel des deux), il s'était subitement retourné, comme s'il avait oublié quelque chose. Heureusement, j'eus tout de suite le réflexe de me retourner moi-même, comme si j'avais oublié quelque chose. C'est alors que j'aperçus derrière moi une personne, avec une chemise à motifs de pélicans, ses courses à la main, qui regardait derrière elle, et qui visiblement avait oublié quelque chose.

On était pile rentré pour les applaudissements du 20 h. Sur BFM, c'était une monitrice qui nous disait d'aller applaudir à notre fenêtre. Ils avaient plein d'autres activités comme ça. Nos applaudissements étaient sponsorisés par Lidl. Je n'avais pas compris qu'ils ne choisissent pas un sponsor plus adapté tel qu'Ajax vitre, Kinder pinguouin ou encore After eight. Il y a ceux qui, au fin fond de leur cambrousse, applaudissaient les vaches. Quant à moi, j'applaudissais tout en tentant de ne pas croiser le regard du voisin d'en face. Je regardais plutôt dans la direction d'un autre voisin qui, lui, portait alors une chemise à motifs de pélicans, et qui, pour sa part, semblait fuir mon regard.

Au bout d'un certain temps, le confinement avait fini par peser sérieusement sur notre mental. Les règles changeaient si fréquemment que la police elle-même s'y perdait. C'est ainsi qu'un homme, arrêté à des milliers de kilomètres de chez lui, avait tenté d'expliquer, mais sans succès, à la police maritime qu'il participait au Vendée globes. C'est ainsi également que j'avais un jour surpris un policier verbaliser un couple d'adolescents s'embrassant dans la rue, au prétexte qu'ils le faisaient sans masque et sans respecter la distanciation sociale. Quant à moi, ça allait de pire en pire. Aussi à l'heure de ma balade, j'avais pris pour habitude de mettre ma laisse entre mes dents, de me poster devant le miroir de la salle de bain et, avec des yeux de chien battu, de me mettre à remuer des narines. Plus je tournais en rond et moins je tournais rond. Il était temps que tout cela s'arrête.

Quand ce fut enfin le cas, je sortis mon journal de confinement en auto-édition. Assis à mon bureau, j'ai alors lu ceux, également auto-édités, de mes voisins. Je les ai observés du coin de l'œil, remarquant qu'ils avaient cessé d'écrire et qu'eux aussi étaient plongés dans la lecture. Le voisin d'en face avait fini par aller chez le coiffeur. Il n'avait pas dû apprécier la description que j'avais faite de sa tignasse ébouriffée. Pour ce qui est de mon voisin à la chemise à pélicans, il aura, à l'en croire, passé son temps à donner des coups de fils anonymes au commissariat pour dénoncer les joggeurs qui couraient en dehors des plages horaires autorisées. Quand bien même il a utilisé un pseudo pour sortir son propre journal de confinement, je sais bien que c'est lui. Il a dû être frustré quand il s'est aperçu que le titre « Journal d'un collabo » avait déjà été pris. Quant à moi, j'ai acheté un vélo d'appartement, histoire de tenter de perdre les bourrelets qui apparemment se voyaient même de loin quand j'étais torse nu.

6

J'ai donc, pour perdre du poids, fait du vélo d'appartement, mais franchement j'ai ramé. « Le truc », m'avait dit Lili, avec qui j'avais su garder de bonnes relations en dépit de notre rupture, « c'est de maigrir tout en se faisant plaisir ». Ce à quoi elle avait rajouté : « Moi, c'est “comme j'aime” et figure-toi que j'ai beaucoup perdu. » J'y étais alors allé comme j'aime : bière, cacahuètes, frites, mayo. J'avais pris cinq kilos. Thomas, mon ami de toujours, avec qui j'avais également su garder un contact amical en dépit du fait qu'il était celui qui m'avait remplacé dans le lit de Lili, avait cru bon de préciser qu'il ne fallait pas manger n'importe quoi, mais des légumes, et ce autant qu'on le désirait : et cinq kilos supplémentaires au compteur ! « Qu'il ne fallait surtout pas manger entre les repas », avait-il cru bon de rajouter. Aussi m'étais-je dit qu'il me suffisait de ne jamais m'arrêter de manger. Cinq kilos de plus.

Lili m'avait enfin conseillé d'acheter une balance pour suivre l'évolution de mon poids. Je m'étais tellement pesé que j'avais l'impression d'avoir derrière moi une carrière de champion de boxe. Alors elle m'avait dit qu'il ne fallait pas se peser tout le temps. C'est vrai qu'il ne faut pas, par exemple, le faire quand vous culpabilisez d'avoir trop mangé dans la journée. Attendez pour cela d'en avoir moins lourd sur la conscience. Elle m'avait également dit qu'elle ne voyait pas l'intérêt de monter sur la balance si entre deux pesées je n'avais rien fait de particulier, ce en quoi elle n'avait pas tort. Aussi attendais-je désormais de me moucher avant de me peser. Et puis si vraiment vous n'y arrivez pas, en dernier ressort, il y a l'amputation.

Elle m'avait fait savoir que si la balance n'indiquait pas une perte de poids, c'était peut-être que j'avais pris en muscle. Et de m'expliquer que le muscle pesait plus que la graisse. Je peux dire en avoir fait l'expérience. J'avais fait une séance d'une heure de musculation avec aux poignets des poids sous forme de bracelet, puis étais allé me peser : j'avais pris cinq kilos ! J'étais furieux. J'étais descendu de la balance, avais enlevé mes bracelets : la musculation, c'était fini !

Je connais quelqu'un qui lui aussi avait failli arrêter, mais pour une autre raison : à force de faire de la musculation, il n'y avait chez lui plus rien à muscler. Alors il avait acheté un petit gadget qui faisait fureur sur internet : des sortes de boucles d'oreilles munis de petits poids qui, si vous les mettez puis contractez la mâchoire, permettraient de muscler les lobes.

Lili m'avait dit qu'il fallait que je mange cinq fruits et légumes par jour. Avec toutes ces contraintes de compter les légumes, les calories, le nombre de pompes, de se peser, et j'en passe, je connais quelqu'un qui avait fini par développer des tocs, passant peu à peu du comptage au lavage des mains. Son psychiatre lui avait alors fait suivre une thérapie comportementale : il devait se salir les mains, se mettre devant son lavabo et résister à la tentation d'ouvrir le robinet. Un jour, il faisait ça tandis que la télé était allumée. Quand il avait entendu les journalistes dire de se laver les mains pour éviter d'attraper la Covid, il avait bugué, le pauvre ! Il paraît que les psychiatres étaient très remontés. Il y en a même un qui s'était rendu dans les locaux d'une chaîne d'info pour leur demander de respecter le travail des autres. Ce même homme – celui qui a des tocs – avait plus tard tenté d'arrêter de fumer jusqu'au jour où il entendit que la nicotine avait un effet permettant de réduire le risque d'attraper la Covid ! Quand ils avaient diffusé cette nouvelle, les pharmaciens s'étaient immédiatement approvisionnés en patchs de nicotine et avaient fait un tabac !

Nager aussi est bon pour la santé. Lili m'avait dit : « Va à la piscine, c'est bon pour le dos, surtout si tu fais du dos crawlé. D'ailleurs », avait-elle ajouté, « c'est ce que font ceux qui souffrent de lombalgie. » Si je le sais ! Ce gars qui avait des tocs et qui essayait de s'arrêter de fumer, avait justement une lombalgie. Maintenant, il a un traumatisme crânien. C'est que lorsqu'on n'a pas l'habitude du dos crawlé, il n'est pas facile de gérer le virage quand on arrive au bord. Cet accident est si fréquent que le traumatisme crânien a fini par être considéré par le corps médical comme un effet secondaire de la lombalgie.

Il y a enfin la course à pieds. Mais il faut courir suffisamment longtemps pour commencer à faire fondre la graisse. Sinon, on ne transpire que de l'eau. « Exact », m'avait dit Lili, « mais, tu sais, le simple fait de transpirer, c'est bon pour la santé, parce qu'on évacue les toxines. » Et là, je m'étais dit que le réchauffement climatique, ce n'était donc pas que du mauvais.

Puis elle m'avait suggéré de faire les cent kilomètres de Millau. « Si tu te fixes ça comme objectif, que tu te prépares bien et que tu le fais entièrement, je peux t'assurer que ce n'est pas deux kilos que tu vas perdre mais vingt. » Banco ! Je m'étais hyper bien préparé. J'avais réservé des petites auberges pour les nuits et des endroits pour déjeuner le midi. Attendez, on est dans l'Aveyron ! Il ne faut pas passer à côté de la gastronomie locale. J'avais pris une voiture décapotable pour profiter pleinement. Parce que les paysages là-bas, ils sont magnifiques. J'avais peut-être, il est vrai, forcé sur le tripoux. Mais c'est la spécialité du coin ! Quoi qu'il paraît qu'il ne faut pas manger trop de viande parce que ce ne serait pas bon pour la santé. Je confirme : manger de la viande n'est pas bon pour la santé… du cochon. Je ne dis pas cela contre les bouchers ! Ce sont quand même eux qui égayent nos rues par leurs vitrines quand à Noël ils mettent en scène ces petits lapins dépecés mais dont ils ont su garder et les pattes et la tête afin de les décorer de guirlandes.

J'aurai vraiment tout tenté pour maigrir, jusqu'à essayer d'être moins lourd. Si au moins j'avais vécu sur la lune, j'aurais pesé six fois moins. Non, vraiment, j'aurai tout essayé pour ma santé, jusqu'à insulter des policiers pour me forcer à courir. Et ça a marché : j'ai fini à la Santé. Mais bon, on le sait tous : la clé, c'est le travail. « Le travail, c'est la santé » : ça ne sort pas de nulle part. Quoique les nazis n'ont pas osé : ils se sont dit que s'ils mettaient ça à l'entrée du camp, ça allait se voir.

7

Non, ce ne fut pas simple de perdre du poids. Quant à se mettre à la diète, c'est toujours compliqué pour quelqu'un qui, comme moi, a un bon coup de fourchette. Ma dernière diète remonte à bien longtemps. Laissez-moi vous raconter cette histoire qui m'est arrivée avec Thomas quand on avait trente ans. Thomas a toujours été un bon ami. Mais combien de fois lui ai-je demandé d'être plus attentif à ce que disent les personnes quand elles s'adressent à lui ? Un soir, nous étions dans la maison des parents de Murielle, sa copine du moment en passe alors de devenir sa femme, une fille gentille et quelque peu introvertie. C'était l'époque à laquelle Thomas avait décidé de se ranger après avoir fait un certain nombre de choses peu enviables au cours de sa courte vie, au point qu'il n'en avait désormais pas trop d'une pour se racheter. Ce soir-là, il avait piqué une tête dans la piscine avant d'aller dîner. Après, cela n'aurait pas été possible avec tout ce que la mère de Murielle avait préparé, au point que Thomas, en prévision de la chronique d'un festin annoncé, m'avait conseillé d'arriver le ventre vide, voire de manger le moins possible la veille. Aussi était-on affamé. Au moment de sortir la tête de l'eau, le père de Murielle, un monsieur à l'ancienne, également très gentil, mais en retrait (les chiens ne font pas des chats), lui avait demandé comment les choses se passaient avec sa fille. Je comprendrai plus tard que Thomas n'avait pas dû entendre la fin de sa phrase, autrement dit que son père parlait de Murielle, pensant probablement qu'il parlait de la piscine. Il avait fait deux trois mouvements de crawl jusqu'à rejoindre l'endroit du transat sur lequel son futur beau père était alors allongé, avait posé ses deux avant-bras sur le bord de la piscine, l'avait regardé tout sourire et avait fini par lui répondre : « Elle est froide, mais une fois qu'on est dedans, on est bien. » Certains ont été internés pour moins que ça. Parce que la nécrophilie, c'est une maladie mentale. Non, Thomas, c'était gaffe sur gaffe. À l'époque où l'on sortait les condamnés à mort des prisons parisiennes pour les guillotiner en place publique, il en aurait croisé un dont il se serait avéré que ce fût un copain, il n'aurait pas manqué de lui demander ce qu'il devenait.

Alors on était parti. Thomas avait bien tenté de bafouiller quelques explications, mais le père de Murielle avait déjà complètement switché. Et en partant, il avait écrasé le chat, après quoi il le leur avait ramené, penaud. Murielle était en larmes. Sa mère avait hurlé : « Un chat ! » J'avais regardé Thomas, interrogatif. Lui m'avait expliqué que c'était le nom qu'ils avaient donné au chat au prétexte qu'il faut appeler un chat un chat. Celle-là, j'aurais peut-être dû l'enlever, mais je n'aime pas gâcher. Je ne savais plus où me mettre. De là où on était, on sentait l'odeur du repas. On était alors affamé. Il y avait tant à manger pour ce dîner que c'était un vrai gâchis ! D'ailleurs, c'est Murielle qui l'avait elle-même fait remarquer. Alors Thomas, qui avait cru qu'elle lui avait proposé sans le lui dire qu'on en prenne un peu en partant, avait dit bien vouloir les aider en prenant un *doggy bag*, tout ça en leur tendant le chat mort.

On était donc finalement parti sans rien manger. J'étais mort de faim, mais il était trop tard pour trouver quelque chose d'ouvert dans le coin. Heureusement, j'avais un plan B : un ami pas loin qui organisait un dîner et qui avait un métier pour le moins original : futurologue ! Cela consiste à aborder les différents scénarios possibles de l'avenir. Les différents scenarii, pardon ! Ces petites choses qui font qu'on se reconnaît entre intellectuels, pas vrai ? À ne pas confondre avec les voyantes qui, vous le noterez, se dit toujours au féminin, le masculin étant, lui, réservé aux mal-voyants. Je n'ai cru aux voyantes qu'avant ma première consultation. J'ai sonné à la porte, on m'a demandé : « Qui c'est ? », je suis parti.

Retour au dîner. Notre hôte revenait de vacances à la Réunion avec sa femme et sa fille. Le fait qu'il s'était fait arracher le bras là-bas par un requin m'avait un peu refroidi. Je n'étais pas sûr que les photos allaient m'ouvrir l'appétit. Mais il se trouve qu'il était déjà ouvert depuis la veille. On les avait appelés, je leur avais dit que j'étais avec un ami, ils étaient ravis. Quand on nous avait ouvert, Thomas lui avait tendu la main et moi, je m'étais dit : « C'est bon, on va dîner ailleurs. » Mais notre hôte, très élégamment, avait fait non de la tête et lui avait dit : « Covid oblige ». Thomas m'avait regardé, interrogatif. Je lui avais répondu à voix basse : « Laisse tomber, les futurologues, on ne comprend pas toujours ce qu'ils disent. »

Tandis que nous entrions, il nous avait expliqué que c'était son psy qui lui avait conseillé de faire cette soirée afin de dépasser le traumatisme, ajoutant que ce serait une façon pour lui, je le cite car je m'en souviens comme si c'était hier, d'« entrer en résilience ». Futurologue, je vous dis ! Son épouse et sa fille lui avaient alors décoché un sourire Kinder. On sentait la famille soudée, genre *Une petite maison dans la prairie*, vous savez, ce feuilleton précurseur du *feel good*. Je n'en regarderais pas un épisode entier, mais quelques secondes, pourquoi pas, dès lors que c'est consommé avec modération. Pourquoi rejeter ce qui peut faire du bien à ceux qui y croient ? Ce serait comme interdire l'homéopathie au prétexte qu'il n'y a aucune molécule active. Dès lors que ce n'est pas remboursé par la sécu, je ne trouve rien à y redire.

C'est alors qu'avait démarré la séance photo. Au début, on avait eu droit aux paysages de la Réunion, aux randos en montagne, à la promenade en bateau, à la marmite de poisson au lait de coco mangée à bord du bateau, à mon estomac qui s'était aussitôt rappelé bruyamment à moi, au père se tapant une piña colada, au père à nouveau plongeant dans la mer un peu ivre et qui une fois dans l'eau faisait coucou avec son bras, au requin lui dévorant le bras, à la fille en pleurs, au requin se barrant en zig-zag, sans doute ivre à son tour, au père qu'on remontait en sang sur le bateau et qui semblait demander à sa femme d'arrêter de prendre des photos.

Et puis on était passé à table. Sans transition. Son épouse nous avait alors amené le plat : du requin ! « Pour dépasser la blessure psychique », nous avait-elle dit. À ce moment-là, m'était venu à l'esprit qu'on pouvait bien être en train de déguster celui qui avait lui-même dégusté le bras de notre hôte, se pouvant même qu'il n'ait eu le temps de le digérer, voire qu'il pouvait rester un doigt ou deux, ce qui était possible si le requin avait été tué dans les minutes ayant suivi l'attaque. C'est alors que j'avais regardé mon assiette, regrettant qu'il soit un peu tard pour leur demander l'aileron. J'avais respiré un grand coup, tachant discrètement de fureter avec ma fourchette si ce n'était pas moi qui par hasard avais la fève.

S'en était suivi un long dialogue entre ma tête et mon estomac. Et c'est finalement mon estomac qui avait eu le dernier mot. C'est souvent le cas, quoi qu'en général, c'est au terme d'un jeûne un peu plus long qu'une journée. Les survivants de l'équipe de rugby uruguayenne dont l'avion s'est scratché dans la cordillère des Andes ont quand même attendu quelques semaines avant de bouffer leurs copains. Et en plus seulement après avoir essayé de s'attaquer aux sièges d'avion qui, manque de bol, n'étaient pas en cuir. Vous imaginez les troisième mi-temps de rugby si les joueurs n'avaient aucune patience pour peu que la serveuse tarde à amener la becquetance ? Je ne vous raconte pas la tronche du demi de mêlée assis entre les deux piliers !

C'est alors que ma voisine s'était enquise auprès de notre hôte de savoir si son voyage lui avait été remboursé, ce à quoi Thomas avait cru bon d'ajouter qu'il l'espérait pour eux parce que, je le cite : « Des voyages comme ça, ça coûte un bras. » Et là donc, on était parti. La fille en pleurs. Thomas, très digne. Il n'avait pas eu besoin qu'on le lui dise. Il avait posé sa serviette, s'était levé, n'avait même pas dit au revoir, se contentant de tourner les talons, avec l'estomac dedans.

En partant, il avait heurté quelque chose qui aussitôt avait poussé un cri que je n'avais jusque-là jamais entendu. Et la fille qui s'était mise à crier à son tour : « Mon chinchilla ! »

Là, j'avais demandé à Thomas de ne rien dire, de ne rien faire, juste de partir. Et le voilà qui heurtait le buffet près de la porte d'entrée, faisant tomber quelque chose qui, en touchant le sol, avait fait un bruit métallique. Il s'était mis à quatre pattes et avait fini par trouver le petit objet, tout minuscule, qu'il avait pris soin de reposer sur le buffet. Et la fille, alors en train de faire un massage cardiaque à son chinchilla, de lui faire remarquer qu'il s'agissait de ses crottes. Je serais curieux de savoir si elles sortent comme ça, leurs crottes, ou bien si ce n'est qu'après qu'elles durcissent. Je le lui aurais bien demandé, mais je ne l'avais pas sentie réceptive. Parce que si elles sortent comme ça, je ne sais pas qui décide ces choses-là, mais si on vous en donne le choix, il ne faut pas se faire réincarner en chinchilla. J'avais attrapé Thomas par l'avant-bras pour le guider vers la sortie, ce qu'on avait fait en passant à l'ombre de la jeune fille en pleurs. Celle-là, j'y tenais.

Nous étions donc à nouveau dehors. Il était déjà tard. On s'était mis à chercher un endroit où manger, mais tout était fermé. « T'as pas faim, toi ? », m'avait demandé Thomas. Je m'étais plaqué la main sur le ventre en faisant grise mine : « L'estomac ! » Thomas m'avait alors répondu : « D'accord, je laisse. » On avait tellement faim que je ne sais pas si ce que l'on avait aperçu à cet instant était ou non un mirage. C'est pourquoi chacun de nous avait éprouvé le besoin d'entendre l'autre le confirmer de vive voix. Dans une petite ruelle, par terre et toujours dans son carton, une énorme part de pizza venant apparemment de tomber du scooter d'un livreur. Tellement fumante qu'on sentait d'ici et le chorizo, et la merguez, et les lardons. On s'était mis à hurler notre joie. C'est alors qu'on avait entendu deux autres hurlements. On s'était dit : « Tiens, des loups à cette époque de l'année ? » Et deux dobermans de déferler en direction de la pizza. Thomas et moi n'avions même pas pris le temps de nous concerter. Je n'ai, de mémoire, jamais couru aussi vite. On était tous arrivés en même temps au niveau de la pizza. Thomas s'était bien battu, mais ils étaient à deux dessus, tandis que moi, j'entamais ce qui semblait être la pizza du chef. Aussi avait-on mangé tous ensemble, à l'exception de Thomas, bien sûr. C'est alors que les deux chiens avaient marqué un temps, m'avaient regardé, avaient regardé la pizza, m'avaient regardé à nouveau. Quant à la suite, je n'en ai pas de souvenir bien clairs.

Tout ce que je peux dire, c'est qu'on s'était retrouvé, Thomas et moi, devant un ascenseur. La porte s'était ouverte sur un groom tout sourire nous invitant à y entrer. Il avait l'air de savoir à quel étage nous devions aller. Alors je m'étais inquiété à l'idée d'aller au même endroit que Thomas, ce au regard de tout ce qu'il avait fait dans sa vie. Une fois arrivés, on avait senti une odeur de méchoui, de barbecue et de fourneaux. On venait d'atterrir dans les cuisines d'un grand hôtel ! Ceci dit, la chaleur était étouffante. Ils auraient sans doute gagné à aérer un peu. On avait tout de suite été accueilli par le chef cuisinier. Il tenait une fourchette grande comme lui ! Thomas s'était retourné vers moi : « Alors, elle est pas belle, la vie ? » « Le Paradis ! », lui avais-je répondu, « le Paradis ! »

Je suis resté des années dans cet endroit avec Thomas. Sans manger ! Et puis j'ai fini par sortir du coma. Thomas aussi. Mais depuis, on se méfie des fringales.

8

Où en étions-nous ? La sortie du confinement ! On ne pensait alors tous qu'à une chose : sortir. C'est ce que j'ai fait dès que cela me fut autorisé. Et ce que j'ai alors vécu m'a fait prendre conscience que pour avoir été confinés trop longtemps, nous n'étions plus en mesure de communiquer entre nous. Ainsi, alors que je prenais le métro pour aller faire des courses avant de me rendre le soir venu chez des gens ayant organisé un dîner, et que j'attendais la rame, une dame me demanda la direction pour se rendre à la station Gallieni. Un peu agacé d'être coupé en pleine intrigue, j'insérais un marque-page dans mon livre sur les équations aux dérivées partielles linéaires hyperboliques et lui indiquais qu'il lui fallait prendre la ligne trois, ce à quoi elle me répondit qu'elle le savait.

Je lui demandais pourquoi elle me posait la question. Elle de me dire que ce qu'elle voulait connaître n'était pas la ligne mais la direction. Or ce n'est pas à moi que cette femme, sortie d'on ne sait où, et ne sachant d'ailleurs pas elle-même où elle se rendait, allait m'apprendre les mathématiques. Je sais ce qu'est une direction :

mathématiquement, c'est une ligne droite. À ne pas confondre avec le sens dans lequel on l'emprunte. Je lui expliquais donc qu'elle n'accordait pas le sens qu'il fallait à la direction.

Elle me dit alors que quand bien même je raisonnais à sens unique, rien de ce que je lui disais n'avait de sens, ce qui, à mon sens, n'aurait fait sens que dès lors qu'elle m'eût au préalable exprimé, quant à son chemin, son désir d'en connaître le sens, ce à quoi elle me répondit que je m'occupe plutôt de tenter de donner un sens à la mienne, de vie, car pour ce qui la concerne, elle était parfaitement épanouie en tant qu'assistante de direction.

Bref, ça partait dans tous les sens, ce dont je vis bien qu'elle prenait conscience quand je l'entendis marmonner : « Mais on va où, là ? » Elle m'apparut complètement désorientée. D'ailleurs sentant bien qu'elle faisait fausse route, je la vis chercher en elle le chemin de l'apaisement, finir par aller dans mon sens, dès lors moi dans le sien. Je lui expliquais que ce qu'elle appelait ligne, je l'appelais direction, et que ce qu'elle appelait direction, je l'appelais sens. Je lui suggérais alors, dans son langage, et ce moyennant un léger abus du mien, de prendre, pour se rendre à la station Gallieni, la direction Gallieni. Mais elle me répondit que ce que je venais de lui dire ne l'avançait à rien.

« C'est comme si », me dit-elle, « je vous conseillais, pour aller à Marseille, de prendre sur l'autoroute la direction Marseille. » « Mais madame, si je vous avais suggéré, pour vous rendre à Montpellier, de prendre sur l'autoroute la direction Marseille, cette réponse vous aurait-elle convenu ? » « Là, oui ! », me répondit-elle. « Eh bien, il se trouve que Marseille est le terminus de l'autoroute, comme l'est Gallieni de la ligne trois. Je n'allais quand même pas vous dire de prendre la direction d'Alger ! » C'en était trop : « En fait, laissez tomber Gallieni. Prenez plutôt la direction de l'hosto. Et pour ça, faites-moi confiance : l'autoroute en sens inverse ! »

Cette femme avait fini par me mettre la tête à l'envers, aussi bien au sens figuré qu'au sens propre. J'avais besoin de me détendre, ce qu'heureusement je prévoyais de faire à l'occasion du dîner auquel j'étais convié le soir même.

9

J'avais, avant cette soirée, prévu de faire quelques courses. Tout le monde ne pensait, au sortir du confinement, qu'à se rencontrer à nouveau, notamment en organisant des dîners tels que celui auquel j'étais invité. Mais qu'avait-on à se raconter ? Il ne nous était rien arrivé de bien original pendant ces mois de confinement. Heureusement, c'étaient les soldes. Je suis donc allé faire mes courses, bien décidé à renouveler ma garde-robe de prêt-à-parler, d'autant que je me rendais le soir même chez des gens que je savais être d'esprit. Cette soirée ayant lieu chaque année, je ne m'y serais pas vu aller avec les mêmes idées que celles que j'avais portées la fois passée, et ce pour deux raisons : d'abord on n'aurait pas manqué de me faire remarquer que je ne faisais là que répéter ce que j'avais dit un an plus tôt ; ensuite, les idées de l'an passé sont dépassées en ce que les polémiques remettent à zéro les compteurs chaque année.

Chaque saison est marquée par de telles polémiques dont sont coutumiers ceux qui se chargent d'en dessiner les contours, une poignée de personnes que l'on connaît sous le vocable de « grands coutumiers ». Chacun d'eux lancent, à la même date, et autour de ces polémiques, leur collection d'idées. Ils n'inventent pas grand-chose en ce que les idées sont déjà dans l'air du temps. Et c'est là leur talent que de les y dénicher. Parfois, ce sont d'anciennes idées qui reviennent à la mode, ce qui n'est, convenons-en, pas toujours très heureux.

Devant la manne de ce business, il fut un temps où on lançait des polémiques une fois par jour, si ce n'est que ne suivait pas la chaîne de création, fabrication, distribution d'idées et de mots pour les orner. Aussi dut-on à nouveau en baisser la fréquence.

Ce sont les grands coutumiers qui donc donnent le la, charge aux fabricants de prêt-à-parler de créer des variations s'articulant sur la tendance qu'ils ont ainsi lancée. Ils sont, au fur et à mesure que les médias de masse ont opéré massivement la vidange des cerveaux, devenus indispensables à la poursuite d'un semblant de vie sociale.

Une fois la polémique sur la place publique, n'en avoir rien à dire vous exposerait aux remarques de ceux qui auraient à y redire. L'usage veut qu'on ne vienne pas à une soirée à laquelle on a été invité sans au moins une idée. Ceux gênés financièrement se contenteront de l'entrée de gamme, à savoir l'opinion. La maîtresse de maison mettra cela sur le compte de leur pauvreté intellectuelle, mais gagnera en élégance à ne pas le faire remarquer. En revanche, elle ne comprendra pas qu'un homme fortuné s'en contente quand lui peut ne pas venir les mains vides et offrir à la soirée des idées inédites. Il était une époque où il suffisait pour cela de s'en donner les moyens, mais les choses ont changé : désormais, il faut en avoir les moyens.

Il y avait un monde fou dans les magasins. La crise aidant, les gens avaient attendu les soldes, si bien que les conversations n'avaient pas, ces dernières semaines, vraiment brillé pas leur éclat. La vérité est qu'on tournait en rond. On faisait semblant de découvrir les blagues que l'on nous racontait et de sourire au mot d'esprit qu'un ami nous servait pour la énième fois. Mais on ne lui disait rien car on savait le mal qu'il avait à boucler ses fins de mois.

Faute de moyens, j'ai commencé par me rendre dans une bourse d'échanges afin d'y échanger quelques mots avec d'autres. L'un d'eux m'a donné une idée. Il m'a suggéré, si je n'y trouvais pas ce que je désirais, et compte tenu de ma gêne financière, de me rendre dans la boutique *low cost* de l'autre côté de la rue. Tout le monde s'étant donné le mot, nous nous sommes retrouvés nombreux à cet endroit autour d'une boîte à idées contenant pêle-mêle nombre d'idées en vrac. À celui qui tomberait sur la perle rare ! Certes elles étaient abordables, mais étaient surannées, et la mode n'était à cet instant alors plus au vintage. Et puis je ne me voyais pas défendant cette idée que le soleil tournait tout autour de la terre !

Si une chose était sûre, c'est qu'au regard de la joie de vivre des gens chez qui j'étais invité, il me fallait chasser mes idées noires devenues idée fixe. Aussi d'idée, n'en avais-je qu'une en tête, celle de me l'ôter de la tête, ce qui devait me permettre de me changer les idées.

J'ai finalement opté pour les grands magasins, me concentrant sur des idées dont la mise en œuvre ne nécessite le moindre effort physique. Aussi avais-je banni tous ces mots qu'il convient de souffler aux oreilles ou encore les mots bleus qu'on dit avec les yeux en ce qu'ils auraient probablement juré avec mes idées noires. Ne mâchant pas mes mots, j'évitais par ailleurs les trop grandes idées qui, pour faire de l'effet, nécessitent une grande gueule.

Aussi me fallait-il les choisir parmi celles susceptibles de me convenir. À cette fin, des miroirs permettaient de nous voir quand nous les formulions afin de s'assurer qu'elles nous correspondaient. Jeter son dévolu sur une idée de fou, à l'instar de faire sienne une idée de génie, implique que l'on s'assure quant à notre posture qu'elle ne fasse pas trop rire, pour peu bien entendu que là ne soit pas l'idée.

Il me fallait enfin, si d'aventure d'idées il me prenait d'en recueillir plusieurs, en faire de bonnes associations. Combien, par ailleurs, me fallait-il acheter de mots qui leur servent d'accessoire ? D'aucuns exigent qu'on s'exprime en un mot quand d'autres affirment en avoir deux à dire. Tout cela, convenons-en, a fini par nous perdre.

J'ai commencé à fureter dans les rayons, ce que j'ai fait en sautant d'une idée à une autre. Une foule de gens s'en arrachaient une au prétexte qu'elle avait, dit-on, été entendue à la télévision. Mais je m'étais refusé à penser comme tout le monde. Moi, j'étais à la recherche de quelque idée heureuse qui contrebalancerait ma marée d'idées noires, d'autant, comme je l'ai dit, que ceux chez qui j'allais étaient de nature joyeuse. « En voilà donc une drôle d'idée ! », me suis-je dit devant l'une d'elles que je me suis empressé de mettre dans mon panier, ce avec, pour l'exprimer, deux ou trois mots pour rire.

J'ai enfin demandé au vendeur où trouver une idée singulière, ce à quoi il m'a répondu que j'en avais une derrière la tête. Je me suis retourné : ce qu'il disait était vrai. Je n'avais certes aucune idée de son prix, mais qu'à cela ne tienne : je l'ai mise dans mon panier. J'ai failli en prendre une autre qui était en promo. Bien m'en prit cependant de l'essayer avant, cette idée s'avérant au final m'être insupportable. Avant de passer à la caisse, j'ai bien sûr pesé mes mots. L'un d'eux étant trop cher, je l'ai coupé en deux, misant sur le fait qu'on me comprenne à mi-mot.

À peine avais-je quitté les grands magasins que j'y suis revenu, mécontent, rapportant une idée censée faire rire et que j'avais voulu tester sur un passant. Or elle ne marchait pas. Pas le passant : lui a bien continué son chemin. Très honnête, le vendeur a convenu qu'elle était défectueuse et me l'a échangée, mot pour mot. En sortant, en effet, j'ai fait rire un badaud.

J'ai tenté d'en profiter pour me faire rembourser une autre idée achetée, elle, pour séduire, et qui, de la même manière, n'avait pas fonctionné sur une femme qui, pour toute réponse, m'avait flanqué une gifle. Le vendeur m'expliqua qu'il n'aurait fallu l'utiliser qu'au tout dernier moment, et après les mots doux, dont il m'a rappelé que je ne les avais pas pris, ce par souci d'économie.

Au cours de la soirée, je me suis rendu compte qu'un invité était venu avec les mêmes idées que les miennes, les disant toutes avant que je n'ai, pour ma part, eu le temps de placer un mot. J'avais heureusement pris la précaution d'acheter le mot de la fin qui se trouvait être le seul qui restait en rayon, ce qui m'a permis d'avoir le dernier mot.

Mais pour tout dire, au cours de la soirée, c'est bien la maîtresse de maison qui m'a fait impression, au point de consacrer une grande partie du repas à boire ses paroles dont je me suis enivré. Au moment de passer au salon, je lui ai discrètement demandé où elle avait acheté toutes ces idées qu'elles nous avaient servies, ce à quoi elle m'a répondu : « En librairie ».

10

Je garde cependant le souvenir d'un moment délicat qui eut lieu au cours de cette soirée. Nous avions abordé un sujet polémique et il se trouve que je contredisais quelqu'un tout en apportant des arguments imparables à ma démonstration, ce à quoi mon interlocuteur avait conclu, pour reprendre ses termes, que je n'avais pas tort. Nous ne serions toutefois convenus de sa formule que pour autant que celle-ci m'eût convenu.

Car si l'on vous dit que vous n'avez pas tort, ne croyez pas entendre que vous avez raison. Vous dire que vous n'avez pas raison serait mentir pour celui qui sait que vous avez raison mais ne se résout à le dire. Tandis que vous dire que vous n'avez pas tort est la seule chose qu'il puisse dire sans mentir et sans que ne lui coûte d'admettre que vous avez raison. De tels esprits retors ont tort de se sentir en tort de ne pas avoir raison.

Mais si donc vous n'avez ni tort ni raison, qu'avez-vous ? Bientôt mal à la tête, c'est sûr. Accrochez-vous. L'alternative ? Entre avoir raison et ne pas avoir tort ?

Posez-lui la question. Il sait de quoi il parle. Même s'il parle pour ne rien dire, il doit savoir ce qu'il dit. Aussi vous dira-t-il ce qu'il sait. Sauf s'il ne vous dit que ce qu'il veut que vous sachiez.

Si c'est un Normand, probablement vous dira-t-il que ce qu'il voulait dire est que vous avez à la fois tort et raison. Si vous lui rétorquez qu'il ne peut dire une chose et son contraire, la chose qu'il vous dira est qu'il vient précisément de vous prouver le contraire. Vous voilà donc, ayant tort et raison, dans une superposition de deux états, comme l'est dans sa boîte, à la fois mort et vivant, le chat de Schrödinger.

Si c'est un mathématicien, courrez donc prendre une aspirine. Il vous soutiendra qu'on ne peut décider si vous avez tort ou raison au prétexte qu'une théorie mathématique contient nécessairement des propositions non démontrables, ce qui a été démontré. Mais n'écoutez pas ces gens qui, n'ayant pour croyance que les mathématiques, sont de facto de mauvaise foi.

Et puis à la fin, est-ce là bien raisonnable que de vouloir avoir raison dès lors qu'on vous permet de ne pas avoir tort ? À moins qu'il vous importe que l'autre ait tort au moins autant que vous avez raison ? C'est là votre façon d'avoir raison de lui que de vouloir placer le tort de son côté ? On ne vous pardonnera pas d'avoir toujours raison. À agir de la sorte, vous vous retrouverez seul dans votre tour d'ivoire, comme le triste gardien de votre vérité et perdrez la raison. Sachez plutôt raison garder et contentez-vous donc de ne pas avoir tort. Envers et contre tout, si vraiment vous y tenez.

11

Au moment de partir, la maîtresse de maison m'a félicité d'avoir fait preuve d'esprit au cours de sa soirée au point de faire rire un peu tout le monde, ce qui m'a mis en confiance. Aussi, puisque la vie, on ne nous la donne pas, contrairement à ce que d'aucuns prétendent, mais qu'il nous faut la gagner, je me suis mis en tête de créer un *one man show*. Et pour avoir de tout temps été versé dans la science, j'ai naturellement développé un humour qu'on m'expliquera par la suite être un *humour mathématique ésotérique*. C'est un humour qui a la particularité de n'être compris que par des mathématiciens.

Pour faire de l'audience, mieux vaut toutefois s'orienter vers l'humour grand public. Si tel est votre cas, assurez-vous quand même de la qualité de ce dernier avant de dire que sans lui vous n'êtes rien. Si on n'avait pas mis des caméras dans l'appartement de stars de la télé-réalité, ainsi que des téléspectateurs devant leur télé pour les regarder le matin se pomponner, l'après-midi tenter de s'faire pécho, et le soir médire sur celles qui se sont faites pécho à leur place, elles pourraient raisonnablement dire d'elles qu'elles ne sont sans tout cela pas grand-chose, si ce n'est que l'intelligence qui leur aurait permis de le comprendre est précisément celle qui leur a manqué pour ne pas sombrer dans la télé-réalité. Tout cela vaut, cela va sans dire, pour les hommes qui également participent à ça. Vous imaginez Mallarmé dire « Je dois tout à mon public » ? Pour rappel, Mallarmé, c'est ce grand poète français qui a tenté de se faire réformer en raison de son nom. Ses lecteurs ne devaient pas, de son vivant, se compter sur les doigts de plus de cinq ou six mains. Je ne suis pas certain qu'il pensait que sans eux il n'était rien.

À l'instar de ces films qui nécessitent que les spectateurs mettent des lunettes 3D s'ils veulent profiter de l'image en relief, la télé-réalité ne nécessite pas moins d'être équipé en ce qu'il faut parfois fumer un bon joint si on ne veut pas passer à côté de la subtilité des dialogues. Il se trouve que la majorité des téléspectateurs n'en ont pas besoin. Il resterait toutefois, dit-on, des gens qui réfléchissent encore et qu'il faut donc équiper si on ne veut pas que leur handicap les empêche d'accéder à la culture. Si la majorité des téléspectateurs n'en ont pas besoin, c'est que les chaînes de télé les ont préparés en commençant progressivement à leur vider le cerveau pour, comme vous le savez, le rendre disponible aux annonceurs, si ce n'est qu'à force de le vider, ils risquent de ne plus être en mesure de comprendre les pubs. Tout cela, c'est de la grande cuisine !

Puisqu'on parle de la drogue, on ne dira jamais assez à quel point il faut s'en méfier. Je connais un humoriste qui a préparé son show en le faisant d'abord devant une personne qui venait de fumer du chanvre. Elle a adoré. Et le chanvre et le show. En revanche, à la première, ça a été un bide. Aussi a-t-il fallu distribuer du chanvre de même qualité à l'entrée aux spectateurs pour que cela fonctionne à nouveau. Et là, ça a fait un tabac ! Mais ils ont perdu beaucoup d'argent. C'est le principe du codeur-décodeur. Ne peuvent décoder un message que les machines conçues avec le même code que celui du codeur. Si un robot était programmé pour faire des blagues, il n'amuserait que des robots programmés, eux, pour en rire. Pour profiter pleinement d'un spectacle, mieux vaut donc sortir de la même usine que celle de laquelle est sorti celui qui vous fait le show.

J'en ai fait l'expérience. Alors que j'avais fini par me lancer dans le *one man show* à *humour mathématique ésotérique*, je donnais mon spectacle dans un théâtre dans lequel, sur une autre scène, un second humoriste donnait le sien. Un soir, nous nous sommes trompés de salle. Lui était plutôt versé dans la branche *scatologie* de l'humour. Il n'y a aucune condescendance de ma part. Parfois de grands artistes se sont essayés à cet art. Par exemple, de qui est ceci : « Excusez ma vilaine écriture, la plume est déjà vieille, mais il y a bientôt vingt-deux ans que je chie par le même trou et il n'est même pas encore déchiré. Tous les jours je chie dedans et mords la crotte à belles dents. » Alors, c'est de qui ? De Mozart ! On a quand même eu une sacré chance qu'il écrive de la musique plutôt que des livres !

Quand je suis arrivé sur scène et que j'ai vu le nombre de spectateurs, j'ai, disons-le, été surpris. Normalement, mes propres spectateurs se comptent sur les doigts d'une main. Des deux en cas de période de vaches grasses : quatre ou cinq prix Nobel de physique et deux ou trois médailles Fields de mathématiques. Là, pas un siège de libre ! Je me dis : « Tiens, on dit que le niveau baisse.... » Alors je me lance : « Pourquoi les poissons américains peuvent-ils entrer au Canada sans passeport ? » J'attends quelques secondes pour ménager mes effets avant de mettre fin au suspens : « En application de la loi de réciprocité aquatique. » En général, mon petit groupe d'auditeurs réagit plutôt bien à ce genre de blagues. Mais là, silence radio. Bon, on a compris que la blague était en rapport avec la loi de *réciprocité quadratique,* cette loi sur l'expression d'un nombre premier comme carré modulo un autre nombre premier, oui enfin celle qui permet de résoudre des problèmes de la théorie des résidus quadratiques. Si ce n'est qu'eux, ils ne savaient pas qu'il fallait réviser.

Pendant ce temps, l'autre humoriste est, lui, planté devant le petit parterre d'affolés de l'équation, un peu abasourdi, lui qui était persuadé de faire des centaines d'entrées. Mais « the show must go on » ! Alors il y va : « Que dit une fesse droite en colère à une fesse gauche ? » Les quelques spectateurs en face de lui de se demander quel est le théorème mathématique qu'il va invoquer ? De la géométrie analytique, du calcul tensoriel, voire les groupes de Lie ? « Que dit une fesse droite en colère à une fesse gauche ? » Et l'humoriste d'envoyer la sauce : « Ça va chier entre nous ! » Et il fait un petit « coin coin » : sa marque de fabrique. En général, la salle est effondrée de rire. Là, elle est effondrée, certes, mais pas pour la même raison. À nouveau, silence radio. Et l'auditoire de se demander si l'humoriste ne serait pas atteint de coprolalie, ce syndrome de la Tourette consistant à dire des insanités à tout bout de champ.

La règle est claire : à un humoriste, son public. Une blague antisémite à une bar-mitzvah ? Elle va tomber à l'eau. Vous avez compris : les fans de l'*humour mathématique ésotérique* sont très peu nombreux ; en revanche, les fans de l'humour scato sont eux très très nombreux. Un jour viendra où les blagues scato vont nous faire remplir le stade de France ! Quoi, c'est déjà arrivé ?

12

Après cette expérience traumatique, j'avais décidé de cesser de me donner en spectacle, me retrouvant à nouveau sans activité et donc sans revenu. Je me disais toutefois qu'il aurait suffi d'un rien pour que tout cela change. Ne suffirait-il d'ailleurs pas d'un rien pour que même le monde change ? Je me souviens de cette fille au lycée me disant qu'elle voulait changer le monde tout en mâchouillant son chewing-gum à la fraise. Changer le monde, quand il est si difficile de se changer soi-même ! J'en connais qui disent que ce n'est pas à leur âge qu'on va les changer et qui tenaient le même langage il y a de cela quarante ans. Changer le monde, moi je veux bien, mais commence par arrêter de faire des cœurs sur tes « i » avec ton stylo rose bonbon, et puis on en recause. Enfin, ce n'est pas ce que je lui ai dit, parce qu'à cette époque, je l'avais dans mon collimateur. « Je suis sûr que tu vas y parvenir, Nathou. Moi, je crois en toi ! », lui avais-je alors affirmé en me disant qu'il était temps que j'ai ma première expérience sexuelle. Changer la face du monde quand personne n'est arrivé à changer celle de la lune ! Il y a certes des gens qui l'ont changée, mais il s'en est fallu de peu qu'ils n'y parviennent. Aussi aurait-il suffi d'un rien pour que le monde soit différent de ce qu'il est aujourd'hui.

Prenez le cas d'Archimède. S'il avait pris une douche au lieu d'un bain ? Et même ! Imaginez-le dans son bain à jouer avec son canard en plastique qu'il tente de faire couler et qui ressort de l'eau à chaque fois comme un diable en boîte. Eurêka ! Il vient de découvrir la loi de la poussée. Alors il sort du bain pour écrire tout ça, et voilà que la lampe à huile s'éteint ! Il la rallume pour voir quelque chose pendant qu'il va se sécher et surtout pendant qu'il va faire pipi. Il adorait faire pipi, Archimède. Pipi, c'était son truc à Archimède. J'enfonce un peu le clou au cas où vous n'auriez pas compris. Oui, mais si Edison, l'inventeur de l'ampoule, était passé par là avant, ce n'est pas une lampe à huile qu'il aurait rallumé, mais une ampoule qu'il aurait tenté de revisser, et ça, les pieds dans l'eau !

Tenez, Newton ! S'il ne s'était pas pris une pomme sur la tête, mais un cageot de pommes, il serait tombé dans les pommes et, au réveil, je ne suis pas certain qu'il nous aurait pondu la loi de la gravitation ! Et Einstein, vous savez le gars qui tire la langue, toujours à faire le con, qui donc aurait-il vanné quand il a découvert les vraies lois de la gravitation ? Et Mozart ! Imaginez qu'il soit né à l'époque de « The voice » ? Tympans grillés. Irrécupérables.

Tenez, puisqu'on parlait d'Einstein, lui nous montre que les choses peuvent commencer très tôt. Il ne se serait pas vu offrir une boussole pour ses cinq ans, il n'aurait pas commencé à se demander où étaient les fils pouvant faire bouger les aiguilles de sa boussole, et de fil en aiguille, se poser les questions qui l'ont amené à découvrir les lois de la relativité. Imaginez qu'on lui ait offert un cochon d'Inde en peluche !

C'est quand même grâce aux équations de la relativité générale qu'on a pu mettre en place le GPS. Sans le GPS, on en serait toujours à se guider avec nos cartes pour savoir où aller dans Paris. Et on continuerait à s'extasier devant le génie des chauffeurs de taxis qui, quand vous leur disiez que vous alliez au 6 de la rue Brisemiche, y allaient tranquillou. D'ailleurs, peu de monde le sait, mais à l'époque, on recrutait les chauffeurs de taxi parmi les autistes. Vous avez vu l'effet du cadeau d'une boussole à un enfant de cinq ans sur la perte de capacité d'un chauffeur de taxi à impressionner sa passagère un siècle plus tard ? C'est ça qu'on appelle l'effet papillon, vous savez, le papillon qui bat des ailes en Indonésie et qui provoque un ouragan de l'autre côté de la planète. On se demande pourquoi on voit de moins en moins de papillons. Et les experts de nous expliquer que ce serait à cause de la modification de notre environnement, d'autres que ce serait à cause des produits chimiques répandus dans les champs. Rien du tout ! C'est à cause de l'effet papillon. Ils se sont mis chez nous à organiser d'énormes battues pour chasser les papillons et les empêcher de déclencher une tornade à l'autre bout de la planète, cela en corrélation avec les gens à l'autre bout de la planète qui chassent le papillon chez eux pour nous protéger à notre tour. Résultat : ils sont en voie de disparition.

Prenez le cas de Dave Brubeck, le jazzman. Pour lui aussi tout a commencé très tôt : ça a démarré quand il était tout petit dans une boulangerie à Paris. Il demande à sa mère s'il peut avoir une ou deux chouquettes. Alors la boulangère de dire qu'elle fait une promo sur les lots de cinq chouquettes. Sa mère se retourne vers Dave : « Take five. » Le gamin de la regarder sans plus rien dire, comme s'il venait de se prendre, pas une pomme, mais le pommier sur la tête, et qui, tandis qu'il se tape les chouquettes, lui fait une crise pour avoir un piano sur-le-champ. Sa mère lui dit : « Non ! Tu viens déjà d'avoir cinq chouquettes. Fallait choisir avant. » Finalement, devant le gamin hystérique, elle cède. Et la suite, on la connaît. Mais imaginez si la promo avait été de deux chouquettes et qu'ils aient décidé d'aller se prendre un thé pour les y tremper. Il aurait peut-être été celui qui a créé « Tea for two ». Comme quoi, il suffit de peu de choses.

Le cas Michael Jackson : si son père avait été un gars sympa, genre « faites ce que vous voulez, mes fils, du moment que vous êtes heureux », on ne serait pas là à danser comme des branques en tentant de l'imiter. Si on ose, c'est parce qu'on a plus d'alcool que de danse dans le sang. À la schlague qu'il les a fait avancer, le père Jackson. Ils ont morflé, les *five brothers* ! Nous, on est plutôt contents parce que, quoiqu'on en dise, le résultat est là. C'est comme quand on regarde nos Nike avec fierté : il y a peut-être des gamins qui en ont dégusté à l'autre bout de la planète pour les fabriquer, mais ici aussi le résultat est là.

Et puis, je ne vois pas ce qu'on lui reproche à la fin au père Jackson. Il n'a rien fait d'autre que de mettre en pratique la phrase d'André Gide : « L'art naît de contrainte ». Avec une lecture un peu personnelle, peut-être. Pareil pour Robespierre de qui on a dit beaucoup de mal, tout ça parce qu'il a massacré des aristos par wagons. Mais c'était sa lecture des œuvres de Rousseau, sa subjectivité. Staline et le communisme, pareil : sa lecture. L'Église et Jésus, même combat. Ça sert à quoi de protester ? Et la liberté d'interprétation, alors ? On pourrait décliner ça à l'infini.

Non, je vous dis, il suffit parfois d'un rien pour que les choses se fassent. Regardez l'Univers !

13

Donc s'il est vrai qu'il suffit d'un rien pour que le monde change, je me disais qu'il aurait suffi d'un rien encore plus petit pour que ce soit au tour de ma situation financière de changer. Et ce petit rien est arrivé le jour où un cousin, que je n'avais plus vu depuis nombre d'années, m'appela pour me dire qu'on avait perdu Jean-Claude, un oncle vivant en Inde, que je ne connaissais ni d'Ève ni d'Adam, mais que lui en revanche semblait connaître. Il m'expliqua qu'il m'avait désigné comme son unique héritier. Je lui demandais pourquoi ce n'était pas lui qu'il avait choisi plutôt que moi qu'il ne connaissait pas, mais à cela il n'avait pas tenu à me répondre.

Je voulus connaître le montant de cet héritage. Si selon Bouddha, la seule chose dont on hérite, ce sont nos actions, j'étais quand même curieux de savoir si j'allais pouvoir saupoudrer ces dernières d'un petit condiment autre que du beurre à mettre dans mes épinards. « Une fortune ! », me répondit-il. Je laissais ma joie éclater en silence dans une chorégraphie digne de la célébration d'un but contre le Barça.

Je me suis rendu avec lui à Calcutta, aux frais de la princesse, pour prendre possession de mon bien. Quand je suis arrivé à l'aéroport, j'ai aperçu une foule bigarrée se diriger vers moi. Elle scandait quelque chose qui me semblait familier mais que je peinais à comprendre. On m'a installé sur un pousse-pousse à une place. Mon cousin s'est mis, à l'instar de la foule, à courir à mes côtés tandis qu'il m'invitait à me servir du fouet devant moi pour motiver l'homme qui me tractait. J'ai bien sûr refusé de faire une chose pareille, mais il m'a dit que c'était une tradition et que je n'étais pas obligé de le frapper fort. Je me suis donc plié à la coutume et avoue avoir fini par y prendre goût. Tandis que je fouettais cet homme qui, c'est vrai, avançait mieux ainsi, la foule courait tout en me lançant des pétales de fleurs. J'ai fini par comprendre que ce qu'elle scandait était mon nom. Si je trouvais très bien organisé le cérémonial de la transmission de l'héritage, je m'inquiétais toutefois que son financement n'eût été obtenu en en ponctionnant une partie.

Une fois à destination, j'ai voulu descendre du pousse-pousse, mais on m'en a empêché. Mon cousin m'a expliqué qu'il ne fallait pas que je touche le sol en ce qu'un roi n'était pas autorisé à le faire. Roi ? Je lui ai demandé de bien vouloir me répéter ce qu'il me semblait avoir compris de travers, mais deux hommes costauds m'avaient déjà enlacé de leur bras pour me transporter à l'intérieur d'une salle immense. Je fus aussitôt ébloui par le reflet du soleil sur la multitude d'objets en or qui remplissaient la pièce. Les deux sbires m'ont installé sur une chaise absolument gigantesque ornée de diamants et autres babioles. Un des deux pitbulls m'a alors posé des bracelets en or autour des poignets et des chevilles. C'est donc au compte-goutte qu'on allait, me disais-je, me distiller mon héritage.

Mon cousin est entré dans la salle et m'a dit : « Voilà ! Tout ça est à toi. » C'était certes très impressionnant, mais je ne me voyais par repartir avec, sous le bras, des vases en or massif et autres colliers de diamants. Alors que je contemplais mon magot tout en faisant savoir à mon cousin qu'il allait maintenant s'agir de le transformer en liquidité, il a pris congé de moi, a refermé la porte, après quoi j'ai entendu le bruit d'une serrure métallique. Je me serais bien levé de ma chaise si les bracelets en or n'y avaient été solidement fixés. Par la fenêtre, mon cousin m'a fait savoir que se préparait le soir venu mon intronisation comme roi. J'ai eu beau lui dire que ça ne m'intéressait pas particulièrement, que je pouvais tout aussi bien me contenter de quelques-unes des babioles qui gravitaient autour de moi, il m'a lancé : « À ce soir. »

Il y avait dans cette pièce un grand lit à baldaquins orné de pierres précieuses et de quatre bracelets en or. La grande chaise sur laquelle j'étais assis avait la particularité d'être soulignée de chaque côté d'une petite poutre en bois de chêne massif. J'ai fini par m'assoupir, tentant et de me remettre de mes émotions et de digérer le décalage horaire.

Tout cela m'a fait faire un cauchemar : un bruit d'enfer emplissait toute la salle, suite à quoi la terre s'est mise à trembler autour de moi, ce qui a fini par me réveiller. Les deux sbires de tout à l'heure avaient agrippé chacune des deux poutres du trône et les avaient placées sur leur épaules. Ils avaient pris soin au préalable de me retirer les bracelets des deux poignets, pas des deux chevilles. J'étais désormais transporté vers la sortie, bringuebalé tel un touriste sur le dos d'un éléphant.

Une fois le soir tombé, le soleil fut remplacé par mille petits feux au bout de torches tenus par une foule qui, à ma vue, poussa un cri achevant de me réveiller. Finissant par trouver cette cérémonie coûteuse, je demandais à mon cousin de bien vouloir l'écourter afin d'aller voir le notaire, ce qui ne manqua pas de le faire rire, ce tandis qu'il continuait à chanter tout en applaudissant et en scandant mon nom.

J'ai passé une partie de la nuit à être célébré par des milliers de personnes hystériques, transporté de villages en villages, assis sur ce qui, je le comprenais maintenant, n'était autre qu'un trône, traversant des hameaux éclairés par autant de torches que d'habitants, pour certains m'applaudissant à leur fenêtre, visiblement heureux. « Mais c'est quoi, à la fin, cette folie ? », demandais-je à mon cousin, ce que je fis tout en hurlant afin qu'il m'entende dans ce vacarme. Il me dit une fois de plus que j'avais été désigné par tonton Jean-Claude comme son héritier. « Mais héritier de quoi ? », lui demandais-je en criant à nouveau. « De tout ce que tu as vu dans la salle dans laquelle tu étais tout à l'heure ! » Il s'empara de mon avant-bras qu'il souleva : « Salue la foule ! C'est pour ça qu'on t'a enlevé les bracelets aux poignets. », m'a-t-il crié à son tour sans pour autant cesser de m'applaudir. J'ai commencé à saluer les gens tout en tentant d'en savoir plus : « Mais quand est-ce qu'on voit le notaire ? » Il ne m'a pas répondu, continuant à hurler mon nom avec la foule.

Après avoir été ainsi baladé toute la nuit, on m'a ramené dans la salle du trésor. Les deux sbires ont posé le trône, ont défait les deux bracelets en or à mes chevilles, m'ont pris dans leurs bras afin que je ne touche pas le sol, enfin m'ont déposé sur le lit à baldaquins, sans oublier de me menotter à nouveau. Avant de partir, ils se sont inclinés en signe de respect et ont quitté la pièce à reculons, ce sans se départir de leur déférente posture et sans jamais croiser mon regard. Ils ont refermé la porte et j'ai à nouveau entendu le bruit métallique de la serrure.

Alors j'ai fermé les yeux et me suis mis à crier : « Au secours ! Au secours ! » C'est à cet instant que, toujours allongé sur le dos, j'ai cessé de sentir les menottes sur mes poignets et mes chevilles. J'ai soulevé mes avant-bras et ai posé la paume de ma main gauche sur le dos de mon poignet droit. Aucun bracelet. J'ai regardé autour de moi : je n'étais plus dans cette salle mais dans ma chambre à coucher, bien plus modeste, convenons-en.

Le téléphone sonnait. Le numéro appelant m'était inconnu. J'ai pris la communication. « Salut, devine qui je suis ? Tu ne reconnais pas ma voix ? » Devant mon incapacité à deviner l'identité de mon interlocuteur, la voix a poursuivi : « David, ton cousin ! On ne s'est pas revu depuis si longtemps ! Tu te souviens de moi ? »

J'ai immédiatement raccroché et suis allé m'assurer que la porte de ma chambre pouvait toujours s'ouvrir. Je me suis alors dirigé vers la fenêtre et ai contemplé l'arbre en face. Le printemps était en train de mettre bas. C'était bientôt l'été. J'ai respiré profondément et inspiré ce vent de liberté non négociable qui sur ma vie soufflait à cet instant.

14

Pris de remords, j'ai rappelé David dans la journée. Pas d'héritage en vue. Nous avons fini par nous revoir de temps en temps. David a un problème psychologique. C'est le seul juif au monde à crier « Sale juif ». Au début, on s'est dit que c'était la haine de soi. Ceci dit, on hésitait avec l'humour juif. Moi, j'accroche à l'humour juif, même s'il faut parfois s'accrocher. Un rabbin m'a ainsi, il y a des années, raconté une blague que je suis encore en train d'essayer de comprendre. À se demander si la blague n'était pas de la faire passer pour une blague. Vous me direz que ça a au moins l'avantage d'en finir avec les clichés sur les juifs : ce sont les meilleurs, ce sont les plus drôles, ce sont les plus riches, certains allant jusqu'à dire que les juifs pauvres seraient des juifs déguisés en pauvre pour nous faire croire qu'il y en a. À se demander si elles n'ont pas été créées pour ça, ces blagues : pour en finir avec ces clichés. Comme quoi, ce sont vraiment les plus intelligents !

Mais revenons à David. On s'est dit que c'était peut-être un comique de répétition. Alors je suis allé en voir un, de comique de répétition. Il se trouve qu'il répétait pour son spectacle. Je lui ai demandé si je ne le dérangeais pas, son spectacle ayant très bien pu avoir lieu le lendemain ! Mais il m'a dit qu'il n'aurait jamais lieu. D'abord embarrassé, j'ai ensuite repris mes esprits : c'était un comique de répétition ! Alors je lui ai soumis le cas de David, lui demandant s'il se reconnaissait en lui. Il m'a répondu : « Pas vraiment. » Je l'ai alors senti réfléchir un instant, comme s'il voulait se persuader de ce qu'il venait de me dire, et il m'a confirmé : « Pas vraiment. » Je m'apprêtais à prendre congé de lui quand, à nouveau, je l'ai vu repartir dans ses pensées, puis me dire : « Pas vraiment ». Et puis encore « Pas vraiment », et encore, et encore. Je me suis dit que c'était la dernière fois que je parlais à un comique de répétition.

David a finalement été diagnostiqué : syndrome Gilles de la Tourette. Je me suis alors souvenu qu'on m'avait dit qu'au moment de sa circoncision, il avait hurlé à maintes reprises quelque chose de pas très catholique. Aussi a-t-il eu beaucoup de mal à s'intégrer dans sa communauté, au point de finir par se convertir au christianisme. Si ce n'est qu'étant donné qu'il continuait à crier « Sale juif », on l'a cette fois taxé d'antisémitisme. Au sein de sa nouvelle communauté, il était soutenu par ceux qui persistaient à considérer que les juifs étaient responsables de la mort de Jésus, tout en essuyant le rejet de ceux qui n'avaient pas oublié que ce dernier avait été juif, au moins de formation.

Quant à ceux qui étaient dans les deux camps, comme d'habitude, ils buguaient.

Son psychiatre n'arrivait pas à le guérir mais avait l'espoir de lui faire dire autre chose afin de lui permettre au moins un semblant de vie sociale. Et ça a fini par payer. Du jour au lendemain, David a cessé de crier « Sale juif » à tout bout de champ. C'est « Allahou akbar » qu'il s'est mis à crier. Au sein de sa nouvelle communauté, ça a mis tout le monde d'accord.

Aussi David s'est-il converti à l'islam. Mais il est très vite devenu insortable. Dès qu'il prenait le bus, c'était la même histoire : dix minutes plus tard, le Raid encerclait le véhicule, un gars avec un haut-parleur demandant à David de recouvrer son calme, BFM faisant savoir que le négociateur du Raid était en train de tenter d'obtenir du forcené qu'il libère quelques otages.

Je me suis alors dit que David avait besoin d'un électrochoc. Un soir, alors que je réfléchissais à ça tout en contemplant la pleine lune dont on ne peut pas voir d'ici la face cachée, je me suis amusé à lui parler et à lui dire : « Change de disque ! » Voilà ce que David avait besoin d'entendre de ma bouche ! Aussi me suis-je planté devant lui, ai attendu qu'il me balance son « Allahou akbar », l'ai alors pris par les épaules et lui ai hurlé dessus : « Change de disque ! »

Il n'a pas eu l'air de comprendre. Je me suis soudainement rappelé qu'on n'était pas de la même génération. Aussi l'ai-je repris pas les épaules et ai crié : « Zappe ! » Mais ça n'a pas plus fonctionné.

Un jour, je ne le retrouvais plus. J'étais inquiet. J'ai appelé son médecin pour lui demander quel était le dernier mot qu'il avait en bouche la dernière fois qu'il l'avait vu. Il m'a dit : « Mort aux flics ». Au moins, je savais où aller. Au commissariat, les policiers, réceptifs à mon explication à l'appui de laquelle j'avais produit un mot de son psychiatre, ont fini par le relâcher. Quand David a plus tard commencé à hurler sans arrêt « Mets ton masque ! », c'est dans ce même commissariat que je suis retourné afin qu'en le mettant en cellule, on le protège contre lui-même.

On s'est ensuite demandé s'il existait des chasseurs de tête spécialisés dans la recherche de personnes atteintes du syndrome Gilles de la Tourette. C'est comme ça que les Romains recrutaient les chefs des rameurs dans les galères. Ils choisissaient des profils à un stade très avancé de la Tourette, genre : « Hop, hop, hop ! » À force de persévérance, le psy de David était parvenu à lui faire dire quelque chose qui ne portait plus à conséquence. Désormais, il disait : « Il pleut ». On avait alors décidé de le laisser comme ça. Au pire, ceux qui l'auraient entendu dire ça par un jour de beau temps se seraient dit qu'il avait reçu une goutte d'eau d'un pot de fleur posé sur un balcon.

J'ai récemment causé avec David qui me demandait ce que je le voyais faire comme métier, maintenant qu'il était parvenu à gérer ce syndrome, ce à quoi je lui ai suggéré d'aller en Bretagne postuler pour un job de présentateur météo au sein d'une radio locale.

15

Mon pote Thomas, lui, n'a pas le syndrome de la Tourette. Il n'avait donc pas de circonstance atténuante quand un jour il m'a dit, comme ça : « Moi, tu sais, j'aime pas les Noirs ». Ah, les goûts et les couleurs ! Je lui ai répondu : « Si tu ne les aimes pas, n'en dégoûte pas les autres. » Ne l'ayant jusqu'alors jamais entendu dire une chose pareille, je m'étais demandé ce qu'il avait bien pu manger dont la digestion se serait mal passée. Je considère que dès lors qu'on est tout seul chez soi, on peut faire ce que l'on veut : faire le pas de l'oie, transformer son four en mini-chambre à gaz pour s'amuser avec ses santons de Provence, en peindre un en noir et le pendre à son bonzaï avec une petite foule de personnages blancs autour. Mais chez soi. Et tout seul. Les enfants jouent bien chez eux aux cowboys et aux indiens. Vous me direz qu'il y a des spectacles de cowboys et d'indiens en plein air dans des parcs d'attraction. Quand j'y pense : heureusement que les nazis ont perdu ! Vous imaginez sinon les enfants en train de jouer à la Shoah ? Avec le camp d'Auschwitz à monter soi-même ? « Ah non, c'est encore moi le juif ! C'est toujours toi le gardien du camp ! » Mais non, suis-je bête : l'Histoire aurait été modifiée. C'est qu'elle est, dit-on, écrite par les vainqueurs. Enfin pour peu que ces derniers aient la force suffisante leur permettant de se passer des puissants.

Ah l'Histoire ! En ce moment, ils déboulonnent tout. L'autre fois, je prenais un verre sur une petite place piétonne au milieu de laquelle est érigée la statut d'Édouard VII. Je suis allé jeté un œil sur Wikipédia, histoire de voir si ça valait le coup de prendre une photo avant qu'elle disparaisse. Édouard VII aurait dit que « même si une personne a le visage noir et une religion différente de la nôtre, il n'y a aucune raison de le traiter comme un sauvage. » Ça partait plutôt bien. Dommage qu'il se soit un peu rétamé sur la fin. Du coup, j'ai pris une photo. Au cas où. C'est une statue où il est sur son cheval. S'il se fait déboulonner, ils vont faire quoi du cheval ? Il n'y est pour rien, lui !

Mais revenons à Thomas. Quand j'avais dix ans, j'adorais la meringue au chocolat. Avec moi, ça partait comme des petits pains. Combien de fois suis-je arrivé, tout mignon, devant la boulangère : « Je pourrais avoir la grosse tête de nègre, là ? » Je n'en reviens toujours pas. Vous imaginez : « Et puis pour mon papa et ma maman, il me faudrait aussi un nez de youpin et une face de melon. Ah et une face de citron pour mon frère. » Non parce que dans ce cas-là, il faut y aller décomplexé ! À ce stade, il faut carrément se lâcher.

À la base, « nègre » n'est pas une insulte. Mais il faut parfois savoir abandonner des mots à cause de ceux qui en ont fait un usage péjoratif, même si c'est une façon de leur céder. N'utiliser qu'une fois le mot « nègre » comme c'est le cas dans *Le nègre* de Simenon, passe encore. Mais dix fois, faut pas pousser ! C'est pour ça qu'on a dû modifier le titre du livre d'Agatha Christie : *Les dix petits nègres*. Elle avait quand même sacrément chargé la barque. Pareil avec le mot « juif » qui, lui, fait toutefois de la résistance. Certains disent encore « israélite » parce qu'ils ont peur, je ne sais pas moi, qu'un juif se sente insulté parce qu'on lui dit qu'il est juif ? Tous n'ont pas, avec l'antisémitisme, développé la haine de soi ! En tout cas, pour ma part, jamais je ne dirais « Black ». Je dis « Noir ». Les Anglais, ils disent quoi ? Noir ? C'est un coup à finir par parler anglais ici et français là-bas !

Une fois, j'ai passé une super soirée avec Thomas et Jérôme. Jérôme ne savait pas que Thomas était raciste. En revanche, Thomas savait que Jérôme était noir. Quoi ? Il aurait pu être daltonien. Eh bien, il n'y a pas eu de clash. Ça s'est très bien passé. Jérôme racontait des blagues sur les Noirs, mais au second degré, Thomas les prenant au premier. J'ai évité de donner le mode d'emploi. Résultat : ils s'entendent parfaitement bien !

On ne peut pas parler de racisme sans évoquer la discrimination. Et pour tenter de pallier à la discrimination, on a inventé la discrimination positive. Mais je suis désolé, ce n'est pas récent. Je dirais même qu'il y a toujours eu un favoritisme pour les Noirs et les Arabes… dans le métier d'éboueur, par exemple. Avant on n'embauchait pas les Noirs ou les Arabes précisément parce qu'ils étaient noir ou arabe. Et on soupçonne maintenant, quand ils ont été embauchés, qu'ils l'ont été parce qu'ils le sont. Qu'ils l'ont été parce qu'ils le sont… oui, bon, faites pas ceux qui n'ont pas compris ! Bref, on râle tout le temps.

Les juifs, eux, ne bénéficient pas de discrimination positive : ils la subissent. Laissez-moi vous raconter une anecdote. Il y a toujours un moment, au cours d'une soirée, où chacun y va de sa blague. Quand venait mon tour, mon ami Thomas m'interrompait systématiquement : « Cette blague, c'est la meilleure que j'ai jamais entendue ! Vas-y ! » Tout le monde était subitement accroché à mes lèvres. Peut-être la meilleure blague du monde, ce n'est pas rien ! Une blague que je trouvais drôle, mais pas non plus de quoi casser trois pattes à un canard. Alors je poursuivais, et lui de m'interrompre à nouveau : « Vous allez voir comme il la raconte. Vas-y ! » Et tout le monde complètement impatient : « Vas-y, arrête de faire ta diva ! » Non seulement la blague n'avait rien d'extraordinaire, mais on ne peut pas dire que j'excellais particulièrement quand je la racontais. Et forcément, quand venait la chute, c'était le moment de solitude. Je soupçonne ceux qui disent des juifs qu'il sont les meilleurs en tout de le dire pour les mettre dans de telles situations. Le jour où mon cousin David, alors qu'il était encore juif, a été embauché comme commercial, le dircom était persuadé qu'il allait faire exploser la baraque. Il a dû se dire qu'il y avait quelque chose de mal réglé chez lui. Et si un jour, par hasard, il finissait par réussir, on ne sait jamais, on ne manquera pas de dire que c'est parce qu'il est juif. Aussi a-t-il sans doute décidé d'échouer pour qu'on ne puisse pas dire qu'il aurait été favorisé d'une quelconque façon, même s'il y en a toujours un qui dira que c'est encore un juif qui a réussi, quand bien même c'est à échouer qu'il aurait réussi.

Vous voulez le fond de ma pensée ? Moi, je plains les racistes et les antisémites. Je ne dis pas ça pour faire le bon gars. Je les plains vraiment. Et je sais de quoi je parle : je suis arachnophobe. J'ai peur des grosses araignées. Il y a des gens qui soignent les phobies. Regardez les compagnies aériennes : elle ont développé des services pour soigner les phobiques de l'avion. C'est dans leur intérêt. Eh bien, dans l'intérêt de la société, pourquoi ne pas aider ceux qui n'aiment pas les Noirs, les Juifs ou les Arabes ? Non, franchement, les racistes phobiques, moi je ne leur en veux pas. Je suis même désolé de leur imposer ma présence.

Il paraît qu'ils nous voient comme des insectes nuisibles. À tel point que tout ça a fini par développer en moi une compassion pour les cafards. Un jour, un monsieur est venu chez moi avec tout son barda. Il y avait eu une affiche en bas pour nous prévenir de son passage afin de traiter, comme ils disent, les nuisibles dans l'immeuble. Il fut un temps, ils ne prévenaient pas. Il sonnait à toutes les portes. Celui-là, je peux vous dire, je l'ai attendu de pied ferme. Il m'a demandé : « Il y a des cafards chez vous ? » Là franchement, ça l'a pas fait. Je l'ai regardé droit dans les yeux et je lui ai dit : « Vous me prenez pour un délateur ? » Je lui ai claqué la porte au nez.

Si j'en connais un qui n'est pas raciste, c'est bien mon estomac. Lui, il bouffe à tous les râteliers. Allez-y, préparez vos couscous, vos tajines, vos foufous, vos mafés et autres chermoulas, et surtout n'oubliez pas de m'inviter ! Arletty a cru bon, pour justifier ses aventures avec un officier nazi, de dire : « Mon cœur est français, mon cul est international. » Moi, c'est mon ventre qui est international. Et lui, je vous jure, il collabore pour la bonne cause.

16

Après donc que ma femme, mon chihuahua et Lili m'eurent quitté, que Thomas eut atterri dans son lit (celui de Lili, pas celui du chihuahua !), que j'eus perdu mon travail consistant à ne rien faire, manqué ma tentative de reconversion en faisant rire des mathématiciens, j'ai fini par me convaincre que quelqu'un devait œuvrer dans mon dos à me faire échouer. Thomas m'a alors dit que j'étais devenu complètement parano, me conseillant d'aller voir un psy. N'oubliant pas qu'il était celui qui m'avait remplacé auprès de Lili, ayant récemment découvert ses penchants racistes, n'oubliant pas qu'il avait un passé peu enviable, je me suis aussitôt demandé quel était son plan. Comptait-il partager le prix de la consultation avec un de ses amis escrocs ? Je lui ai demandé depuis quand il me trouvait parano. « Quelques semaines », m'a-t-il répondu. Quelques semaines ? Et il ne m'en parlait que maintenant ? Et pourquoi maintenant et pas hier ou demain ? À quoi jouait-il donc ?

Et puis je me méfie des psy : pour qu'ils entendent mes points faibles et en profitent pour les exploiter ? Certains vous demandent de noter vos rêves. Vous, vous jouez le jeu, confiant. Naïf, oui ! Vous leur racontez celui dans lequel vous étiez en train de garder, en tenue militaire grecque, un enclos où il y avait une poule qui, juste après avoir pondu un œuf dur, était venue vous l'offrir en vous souhaitant « Joyeuses Pâques ». Et le soir même, toute la Toile morte de rire après que le psy auquel vous avez confié votre rêve en a publié le récit sur son blog, avec votre nom et votre photo en prime. Alors les psy, je n'ai rien contre, mais il ne faut pas se louper.

Il m'a donné le nom d'un psychanalyste réputé. Vous pensez bien que je suis allé voir ailleurs ! Ceci dit, me suis-je dit, s'il m'avait donné ce nom précisément pour que j'aille en voir un autre que lui ? Il fallait donc que je cherche un psychanalyste sans tomber sur celui qu'il m'avait réservé parmi la foule de ceux autres que celui dont il m'avait donné les coordonnées.

J'ai finalement cherché sur Google en écrivant « Paranoïa psychanalyse » dans le champ de recherche. J'ai appuyé sur *Enter* et aussitôt je l'ai regretté. Google était maintenant informé que j'avais des problèmes de paranoïa. Et ça, ce n'est pas bon. Car la paranoïa peut engendrer chez certains des complications cardiaques. Google allait, à n'en pas douter, transmettre cette information qui, aussitôt, allait baisser ma capacité d'endettement auprès des organismes bancaires. Il se trouve que j'envisageais d'emprunter pour acheter une maison. Est-ce à dire que Thomas m'aurait poussé à la faute parce qu'il convoitait la même ? C'est une maison au bord de l'Atlantique. Or lui n'a toujours juré que par la Méditerranée. Alors pourquoi ? Pourquoi faisait-il cela ?

Il ne m'a fallu que quelques secondes pour trouver la réponse : le « désir mimétique », évidemment ! Il s'agit pour quelqu'un de désirer ce que vous désirez, et ce indépendamment de l'objet du désir. Vous avez envie de manger ? Je n'ai pas faim, mais j'ai envie de manger. Comme vous ! Vous voulez de la terrine de rascasse au coulis de favouille ? Je ne sais pas ce que c'est, mais j'en veux. Comme vous ! Le désir mimétique explique bien des choses. Il explique notamment la raison pour laquelle il y a tant de chihuahuas autour de nous. Il aura suffi qu'une mémère en adopte un un jour de façon inexplicable pour que tout le monde ensuite se mette à l'imiter.

C'est René Girard, un académicien français, qui a théorisé le désir mimétique. J'ai aussitôt cherché à le contacter. Et qu'est-ce que j'apprends ? Qu'il est mort. Comme par hasard ! Là, je me suis dit : c'est une affaire sérieuse. La question était donc : comment était-il mort en réalité ? Et qui s'était occupé de la faire passer pour une mort naturelle ? C'était forcément après que Thomas eut pour projet de faire main basse sur la maison que je convoitais. Et il lui fallait faire table rase de toute théorie susceptible de nous mener à lui. Là, Thomas était allé trop loin.

J'ai aussitôt engagé un détective privé. Quand il m'a entendu lui raconter l'histoire, il l'a immédiatement prise très au sérieux. Surtout quand je lui ai dit que je m'apprêtais à acheter une maison. Après que je lui eus versé un premier acompte, il m'a dit qu'il s'agissait maintenant de s'inscrire dans la durée : « Peu importe si on résout ou non l'affaire. Il faut aller jusqu'au bout et y mettre les moyens. » Si ça, c'était pas pro ! « Banco ! », me suis-je dit. Car il faut savoir de temps à autre accorder sa confiance.

Au bout de quelques mois, et alors que j'avais décidé de reporter l'achat de ma maison pour financer l'enquête, j'ai croisé par hasard Thomas sur mon chemin. Enfin, quand je dis par hasard… Et là, en ni une ni deux, je l'ai attrapé par le cou et ne l'ai plus lâché, tout en lui criant dessus : « Pourquoi veux-tu me prendre cette maison ? » Un policier nous a aperçus et nous a séparés. Il m'a demandé de me calmer, après quoi je lui ai tout expliqué. À l'instar du détective, il a pris cette histoire très au sérieux, au point de me suggérer de l'accompagner au poste pour que je dépose plainte, ce que je me suis empressé de faire. Et tant pis pour Thomas !

Les policiers qui m'attendaient m'ont tendu une feuille, un stylo et j'ai tout balancé. Je leur ai toutefois dit de ne pas être trop dur avec Thomas qui probablement n'avait pas toute sa tête. Et puis, étant donné qu'il n'y avait pas grand-chose à faire à l'endroit où il m'avait emmené, un endroit qui faisait aussi hôtel, raison pour laquelle on m'y avait gentiment installé, j'ai demandé d'autres feuilles et me suis mis à écrire mes pensées. Je les ai faites lire autour de moi. Succès immédiat !

Le soir même, j'ai aperçu un livre dans notre bibliothèque commune : *L'éloge de la folie*, d'un certain Érasme. Je l'ai feuilleté et suis tombé sur ce passage : « Moins ils ont de talents, plus ils ont d'orgueil, de vanité, d'arrogance. » Et il conclue comme ça : « Tous ces fous trouvent cependant d'autres fous qui les applaudissent. » J'en ai parlé à la directrice de l'hôtel. Je lui ai demandé pourquoi ce gars parlait de moi, si c'était par jalousie eu égard au succès de la lecture de mes pensées, et comment le rencontrer pour lui demander de cesser ; que s'il continuait, moi aussi j'allais écrire des trucs contre lui. Alors elle m'a donné deux trois smarties et m'a dit de ne pas m'inquiéter car c'est un livre qui aurait été écrit il y a sept siècles ! Sept siècles ? Comment pouvait-il donc savoir que j'allais écrire ce que j'avais écrit puisque j'étais alors loin d'être né ? Comme je m'excitais un peu, elle a appelé le groom de l'étage. Elle a attendu que je me calme, après quoi elle m'a dit : « Vous savez, les fous dont il parle ne sont pas nécessairement ceux auxquels vous pensez. » Je n'ai toutefois pas bien compris à quels fous j'étais censé penser.

Un peu plus tard, Thomas est venu me rendre visite. Il m'a demandé comment j'allais, mais pas un mot n'est sorti de ma bouche. Lui, il n'aura plus aucune info.

17

Toutes mes tentatives de gagner de l'argent s'étant soldées par un échec, je décidais d'abandonner l'idée de faire fortune, me contentant de devenir le plus grand génie scientifique de l'humanité. Quitte à travailler, pourquoi, m'étais-je dit, se priver de mettre la barre à bonne hauteur ? Il ne me fallut qu'un court instant d'observation de notre monde pour saisir que là était ma voie. Aussi m'en vais-je vous raconter la découverte que je fis et au sujet de laquelle j'organisais une conférence devant un auditoire formé des personnes habitant l'hôtel dans lequel je m'étais installé, conférence que tint à modérer la directrice des lieux et devant l'insistance de laquelle je me vis contraint de céder. Je m'installais donc face à mon auditoire, me raclais la gorge comme ont coutume de le faire les conférenciers avant de prendre la parole, et voici donc ce que je dis.

Vous avez remarqué que si vous lâchez une pomme que vous teniez dans votre main, elle tombe. Jamais vous n'en avez pris une en flagrant délit de rester suspendue en l'air. Ce sont des choses qui arrivaient certes il y a de cela deux ou trois mille ans, du temps où il y avait des miracles. Plus maintenant. Pourquoi donc la pomme tombe-t-elle désormais ?

Newton a tenté de l'expliquer dans ses fameux *Principia* : une force à distance entre la pomme et la terre du fait de leur masse respective. Pas du tout, nous dit Einstein ! Aucune force. Que de la géométrie. La pomme ne fait que suivre les déformations de l'espace-temps engendrées par la terre. Pas du tout, Albert ! La reproductibilité des phénomènes n'est qu'un rituel névrotique.

Au moment où, pour la première fois, la pomme sent qu'elle n'est plus tenue, que ce soit la tige ou la branche qui cède, elle n'a peur que d'une chose, c'est d'exploser en l'air et finir soudainement en compote, quand bien même cette croyance est tout sauf rationnelle. Aussi pour conjurer ce sort a-t-elle mis à profit les semaines qui ont précédé cet instant pour développer un rituel, décrétant que si elle le faisait, ce qu'elle craint qu'il lui arrive ne se produirait pas. C'est bien sûr de la pensée magique. Et son rituel est de tomber.

Aussi s'est-elle écrasée une première fois au sol, pas au point cependant de finir immédiatement en compote, validant à ses yeux sa croyance que, grâce à ce rituel, elle aura su éviter le triste destin qu'elle redoutait. Cette déduction causale, bien sûr fantasque, venait, pour la première fois, de légitimer une croyance qui n'aura de cesse d'être confortée avec le temps. Car dans le doute, et à chaque fois qu'il lui en sera donné l'occasion, elle persistera à tomber sans pour autant expérimenter ce qu'il se serait passé si elle était, par exemple, restée en suspension dans l'air. Et comme elle ne finira jamais en compote, elle en déduira que c'est grâce à son rituel, ce alors qu'elle n'aurait pas plus fini en compote si elle ne l'avait pas exécuté.

Laissez-moi vous donner un exemple. Imaginez un oiseau dans sa cage devant une mangeoire désespérément vide. Ne faites rien et patientez. Un oiseau finit toujours par faire un petit mouvement d'aile, et ce pour mille raisons qui lui appartiennent, parmi lesquelles le fait qu'il n'a pas grand-chose d'autre à faire dans sa cage. Attendez qu'il ouvre ses ailes et déclenchez alors un distributeur automatique de graines dont le débit est disons d'une graine toutes les trente secondes. L'oiseau va associer son battement d'ailes à la distribution de cette première graine. Une fois donc qu'il l'aura mangée, il battra des ailes une nouvelle fois pour en obtenir une deuxième. Mais rien n'y fait car le distributeur ne les délivre qu'une par une et à trente secondes d'intervalle, ce que l'oiseau ignore. Il tente donc de battre à nouveau de ses ailes, une fois, deux fois, trois fois, jusqu'à ce que, les trente secondes atteintes, une nouvelle graine soit à nouveau versée dans la mangeoire.

L'oiseau est aussitôt conforté dans la croyance qu'il y a bien une relation causale entre son battement d'ailes et la distribution de la graine. Il va donc battre des ailes à nouveau pour en obtenir une troisième, ignorant qu'il lui suffirait de l'attendre sans rien faire. Sa croyance est de plus en plus confortée au fur et à mesure que le temps passe.

Revenons à notre pomme qui, à l'instar de l'oiseau pensant avoir trouvé comment obtenir des graines, est, elle, persuadée d'avoir trouvé comment ne pas finir en compote, ne prenant dès lors pas le risque de mettre un terme à son rituel, quand bien même rien ne lui permet d'établir un lien de cause à effet entre son action et la réalisation de ce qu'elle craint. Ici aussi sa croyance est illusoire. Si elle n'était pas tombée, elle serait restée en l'air, immobile, ou bien se serait mise à orbiter autour de la terre, ou bien encore serait partie en direction du ciel et du froid sidéral au risque de finir en sorbet. Tout cela est bien connu.

C'est là que nous touchons un point sensible. Est-il à ce point rare de voir des pommes ayant pris le parti de tomber finir en compote ? Pas si sûr ! Et nous voilà abordant la question de la prophétie autoréalisatrice qui est, je vous le rappelle, un changement de comportement destiné à faire en sorte que ne se réalise la prophétie que l'on redoute et qui pourtant va se réaliser précisément en raison de notre changement de comportement.

Une fois au sol, il se peut, en effet, que la pomme soit ramassée par une personne qui n'aurait jamais pu lui mettre le grappin dessus si elle était restée suspendue en l'air à bonne hauteur, et qui maintenant la ramène chez elle afin justement d'en faire une compote avec toutes les autres pommes ainsi ramassées et victimes malgré elles du même syndrome obsessionnel et compulsif. Voici la prophétie redoutée par la pomme réalisée précisément pour avoir tenté de l'éviter.

La pomme n'est pas la seule à être victime de ces obsessions phobiques qu'on tente de conjurer à l'aide d'un rituel qui finit par provoquer ce que l'on redoute. C'est par exemple le cas du feu, ce que le compositeur espagnol Manuel de Falla a voulu nous rappeler en nommant une de ses œuvres *La danse rituelle du feu*. Or ce que le feu tente de conjurer avec son rituel, c'est l'averse, ce qu'il fait donc en dansant. Le fait que les Indiens dansent également, mais eux pour l'attirer, prouve que le comportement de l'un des deux (on n'a jamais su lequel) provoque malgré lui la réalisation de ce qu'il tentait pourtant de conjurer.

Le monde est partagé entre, d'une part les objets névrotiques qui suivent des lois reproductibles mais qui ne sont en fin de compte que des rituels destinés à tenter de calmer leur angoisse, d'autre part les objets sains qui, eux, ont su gagner en liberté, certains après avoir suivi une thérapie comportementale. Il s'agira, pour soigner les objets névrotiques, de faire un exercice basé sur la séquence exposition-prévention : on expose le patient à ce qui l'angoisse, charge à lui de prévenir le déclenchement du rituel censé le calmer. Ici le thérapeute se saisit d'une pomme qu'il lâche. Maintenant exposée à ce qui l'angoisse (la peur d'exploser en compote), celle-ci doit lutter contre son désir impérieux de déclencher son rituel consistant à tomber. Ce n'est qu'en procédant de la sorte que la pomme va, par l'expérience, apprendre dans son corps, et non pas uniquement dans sa tête, que si elle ne réalise pas son rituel, autrement dit si elle ne tombe pas, elle ne finira pas soudainement en compote.

À cela d'ailleurs deux écoles : celle qui prône ces thérapies et celle qui, pour considérer que ces dernières n'améliorent que le comportement à défaut de ce qui le cause, considère que la pomme gagnerait à faire une analyse afin de voir ce qui, dans son passé, a bien pu créer les conditions de ce dérèglement. Aurait-elle subi le traumatisme d'un oiseau venu la picorer lorsque enfant, elle pendait à sa branche ? Son pommier était-il soumis à un vent régulier puissant qui lui fasse craindre très tôt de tomber de cet arbre auquel elle avait depuis toujours été attachée ? C'est qu'elles sont variées, les raisons qui expliquent l'angoisse de la pomme lorsqu'elle se voit un jour tomber loin des racines de son arbre.

Quant au monde microscopique, il est, lui, constitué d'objets qui, pour avoir suivi une de ces deux thérapies, ont su gagner en liberté en ce qu'ils ne déroulent plus de rituels systématiques. Leur comportement n'est ainsi plus déterminé à l'avance par de la névrose. Ce n'est qu'aujourd'hui qu'on parvient, par ce biais, à comprendre la raison du non déterminisme de la physique quantique. En revanche, les objets résultant de leur regroupement en nombre suivent, eux, les lois déterministes qui régissent le monde tel que nous le percevons. Et tout cela est logique : il ne s'agit de rien de plus que de calmer une angoisse résultant cette fois d'agoraphobie dès lors qu'ils sont en très grand nombre. Et heureusement qu'il en est ainsi. À qui viendrait en effet l'idée de soigner notre monde ? Ce serait là la meilleure façon de nous mener au chaos !

18

La conférence que je fis sur le monde dans lequel nous vivons eut un vif succès parmi les personnes venues y assister. En dépit de la réputation qu'aussitôt elle me conféra au sein de l'hôtel dans lequel je vivais maintenant depuis quelques mois, je décidais de le quitter. J'avais en effet envie de me balader près de la Seine. Je m'aperçus toutefois qu'il y avait une grille qu'ils avaient fermée tout en oubliant de m'en donner un double de clé. Or comme il était tard et que je ne voulais pas déranger, je décidais de l'escalader.

Une fois au bord de la Seine, alors qu'il était trois heures du matin et que je n'avais pas du tout envie d'aller me coucher, j'ai aperçu une ceinture de plomb traînant près d'un banc. Je l'ai ramassée, l'ai mise autour de ma taille. Elle m'allait. J'ai regardé la Seine et, par association d'idées, me suis dit : « Et si je sautais ? » Pourquoi ? Et pourquoi pas ? L'occasion se présentait. Je ne savais pas quoi faire. J'avais bien réfléchi à d'autres activités comme aller au cinéma ou aller prendre un verre, mais tout était fermé. Où pouvais-je donc trouver quelque chose d'ouvert à cette heure ? Je me suis dit qu'avec un peu de chance, dès lors qu'il y aurait un Au-delà ouvert H24, je pouvais espérer poursuivre ma soirée.

Mettre fin à tout cela, j'y avais pensé, comme on y pense tous un jour ou l'autre, et cela d'ailleurs que l'on soit heureux ou malheureux, là n'est pas la question, parfois par simple curiosité. Je n'avais aucune raison particulière de passer à l'acte. Je n'étais pas de ces gens qui veulent stopper une vie de misère ou bien qui misent sur une vie après la mort faute d'avoir pu en avoir eu une avant. Je ne fais pas partie de ces gens qui ne sont jamais contents : quand il fait chaud, il fait trop chaud ; quand il fait froid, il fait trop froid. Il y a ceux qui veulent maigrir, il y a ceux qui veulent manger. Aucune raison donc de passer à l'acte, si ce n'est précisément cette envie de poursuivre ma soirée, mâtinée d'une curiosité de savoir ce qu'il pouvait bien se passer dans l'Au-delà.

De quelle nature est-il ? Est-il joli ? A-t-on vue sur la mer ? Parce que moi, j'aime la mer. Surtout la Méditerranée. Ont-ils la Méditerranée, là-bas ? Imaginez que ce soit l'Atlantique ! Là non plus ce ne serait pas dramatique. Mais ce serait moins bien. Trop d'algues. Et si c'est à la montagne que j'atterris ? Là non plus ce ne serait pas dramatique. J'aime aussi la montagne. Mais au-delà d'une semaine ou quinze jours, j'ai envie de redescendre. Non, on sait ce que l'on quitte, pas ce que l'on s'apprête à découvrir. Et imaginez qu'une fois dans l'eau avec ma ceinture de plomb, qu'une fois la tasse bue par mes poumons, je passe l'arme à gauche, refais surface, et que l'Au-delà que je découvre alors ne soit rien d'autre que le quai que je viens de quitter ? Il ne me restera plus qu'à tenter cette fois de trouver une autre activité pour la soirée. Mais je serais trempé.

Fallait-il prendre ce risque au prétexte qu'on ne vit qu'une fois ? Et d'ailleurs, en est-on sûr ? Imaginez que nous soyons réincarnés ! Alors, de deux choses l'une : soit je me réincarne en un homme très riche vivant dans un palais, et avec mon harem la soirée promet d'être festive ; soit je me réincarne en un pauvre hère mourant de faim au milieu du désert, et la soirée s'annonce galère. Que dis-je ? Dans les deux cas, je naîtrais à nouveau, et il me faudra attendre des années afin de la poursuivre, cette soirée. Aussi la passerais-je à pleurnicher dans un berceau, entamant ma vie, cette convalescence de l'accident d'être né. Et puis qui me dit que je me réincarnerais sur terre ? Imaginez que je me réincarne sur une planète d'une autre étoile d'une autre galaxie ? C'est que je n'y connais rien à ces espèces lointaines. Au moins un chat, je sais quoi faire : snober mon maître quand il m'appelle et passer mon chemin devant lui l'air hautain, comme si les bruits de ce bas monde n'atteignaient pas mes oreilles. Et si je suis un chien, je dépose, au pied du canapé sur lequel dort mon maître, mon jouet que je regarde en inclinant la tête, en relevant les oreilles et en geignant un peu. Mais si je me réincarne en une espèce que j'ignore totalement, je fais quoi ?

Et si c'étaient les catholiques qui avaient raison et qu'il y ait bien une vie après la mort, genre paradis ou enfer ? Imaginez, j'arrive là-haut, ou en bas, tout dépend : « C'est pour l'after ! » Et le videur à l'entrée de la boîte qui me toise du regard : « C'est une soirée privée. » Moi : « Si vous ne me faites pas entrer, je ne sais pas où aller. » Lui, du tac au tac : « Fallait y croire avant. » « Parce que vous, vous croyez le premier venu sur parole ? » « Fallait croire le deuxième. » « Essayez de vous asseoir à une table de bridge sans en connaître les règles ! » « Cela aurait été pour vous l'occasion d'apprendre à faire le mort. » Je lui balancerais alors qu'il fasse attention à ne pas trop bouger sa tête quand il me dit non, au risque de faire du houmous avec le poids chiche qui lui sert de cerveau. En même temps, c'est le genre de rencontre qu'on n'a pas envie de gâcher en créant la tension au tout début, pour peu que la soirée s'éternise.

Et si on était vraiment mort, comme certains l'imaginent ? Heureusement, j'ai beaucoup dormi durant ma vie. Je me suis bien entraîné et ça ne me déplaît pas. Mais si donc la mort, c'était de dormir, de dormir sans rêve, j'entends, est-ce à dire qu'il n'y aurait plus rien ? Vraiment plus rien ? Pas même un Au-delà ? Quoi que si c'est pour dormir dans l'Au-delà ! Moi, par exemple, je n'ai jamais pu me résoudre à payer trop cher des chambres d'hôtel. Vous imaginez ? Vous payez une nuit mille euros dans un hôtel de luxe, tout ça pour dormir et ne pas en profiter. C'est un coup à rester éveillé toute la nuit ! C'est pourquoi les hôtels dans lesquels on dort le mieux sont les hôtels bas de gamme. Et si l'Au-delà, c'était une chambre de luxe dont on ne profite jamais ?

J'avais bien une idée de ce que serait mon Au-delà dès lors que mes professeurs d'Histoire m'avaient raconté ce qu'il s'était passé dans mon En-deçà. Car l'Au-delà, ce n'est rien d'autre que l'En-deçà après votre passage. Mais après votre passage : tout est là. On ne peut pas, il est vrai, tout à fait dire qu'avant et après, ce soit la même chose. Je venais un peu plus tôt de passer devant la maison donnant sur la Seine et où avait habité le philosophe Jankélévitch. Une plaque y indiquait qu'il était mort à cet endroit, une autre mentionnant qu'Edmond Fleg, lui aussi, y était passé avant d'y trépasser. Je ne suis pas certain que ce genre d'information contribue à valoriser l'endroit comme un marchand est en droit de l'espérer. C'est que les acheteurs ne sont pas moins superstitieux que la moyenne. Sur celle honorant Jankélévitch, on pouvait lire une de ses citations que voici : « Celui qui a été ne peut plus désormais ne pas avoir été. » Sorti du Néant, on y retourne certes, à la différence près que notre existence, c'est dans notre rétroviseur qu'on la voit désormais, ce qui n'était pas le cas avant qu'on nous télécharge à partir du Cloud. Ensuite, tout dépend de ce que vous avez fait durant votre existence. Il y a des gens qui rendent leur location dans un état innommable. Enfin, innommable... Une fois, ils l'ont rendu dans un tel état qu'on est allé jusqu'à lui donner un nom : la Shoah. Pour tenter de s'en souvenir.

Je me disais qu'il n'y avait aucune raison que, sous prétexte que je quitte la scène, tout ne se poursuive pas comme avant, mais sans moi, comme tout avait commencé, également sans moi. Pour que ce ne soit pas le cas, il eût fallu que tout cela soit une sorte de construction autour de ma personne. Et qu'ainsi tout s'arrête au moment où je parte. Mon psychiatre m'a dit que c'était peu probable. Mais qui me dit qu'il ne fait pas partie lui-même de la construction ? Quand je lui ai dit ça, il m'a dit qu'on allait travailler à ce que je fasse enfin ma propre révolution copernicienne. Je tentais donc de me souvenir comment c'était avant de naître. Mais je n'y suis pas parvenu. La seule chose que je puis dire, c'est que n'en ayant aucun souvenir, je n'en ai pas de mauvais.

Jankélévitch poursuit ainsi : « Désormais ce fait mystérieux et profondément obscur d'avoir vécu est (notre) viatique pour l'éternité. » Le viatique, vous savez, ce sont ces provisions que vous prenez avec vous quand vous partez en voyage. À force de réflexions, je me suis dit qu'il valait mieux que je parte une autre fois en rando. J'ai bien fait le mort, juste pour voir et le temps que passe devant moi un passant. Mais je n'étais pas crédible allongé sur le quai avec ma ceinture de plomb. Je l'aurais été plus dans l'eau. Une fois la personne au loin, j'ai fini par la retirer. Je me suis dit que finalement, je n'étais pas joueur : or en finir, n'est-ce pas faire un pari sur l'avenir ? Et tant qu'on est prisonnier de notre corps, on ne peut, me semble-t-il, être ailleurs, en tout cas pas disponible pour une renaissance, ce qui tout de même me paraît plus sécurisant. Et puis, imaginez qu'il n'y ait pas d'Au-delà ! Ma soirée aurait alors été brutalement écourtée. Or oui pour quitter le monde ici-bas, dès lors qu'il y a un *after* !

Épilogue

Lecteur, ne vous avais-je promis, en entamant ce livre, que vous le fermeriez en ayant enfin une réponse au pourquoi ? Si vous n'êtes pas convaincu par ma démonstration et pensez comme Buffon que « nous ne (serions) pas faits pour rendre raison du pourquoi des choses », vous saurez au moins en saluer ma tentative. Depuis des siècles, nous nous demandons : pourquoi ceci, pourquoi cela ? Jusqu'à se poser des questions sur un peu tout et n'importe quoi, ce à l'instar de Pascal qui s'inquiète de ce qu'« il n'y a point de raison pourquoi ici plutôt que là. »

Si au moins nous avions commencé par poser ces questions de façon intelligible ! Jugez-en par celle-ci datant d'il y a quelques siècles : « Quant l'uns à l'autre atalente, Por coi nous as despartis ? » Que lui répondre si ce n'est « et por coi pas ? » Or voilà que le treizième siècle fut celui des premières réponses au Porquoi : « Je ne pris riens, ne beauté ne jouvent ; Porquoi ? » Ce à quoi la réponse fut : « Parce que la mort tout mestroie. » C'était une première !

Pourquoi çi, pourquoi ça ? Mais pourquoi quoi au juste ? Et pour quoi faire au final des réponses ? « Lorsque l'on pend quelqu'un, on lui dit pourquoi c'est », nous dit Molière. Mais à quoi cela peut-il bien lui servir de savoir pourquoi, quand ce qui lui importe le plus, à cet instant, c'est comment. « Au surplus », nous dit D'Alembert, « pourvu qu'il soit pendu n'importe le pourquoi ».

Je ne saurais dire pourquoi le pourquoi du comment prime sur le comment du pourquoi, ni comment le comment du pourquoi nous importe si peu, quand pour d'autres c'est l'inverse.

D'Alembert a mis tout le monde d'accord en considérant que nous ne saurions « ni le pourquoi, ni le comment de rien ». Si ce n'est qu'enterrer en grande pompe le pourquoi des lois quantiques ne nous a pas privé de maîtriser le comment de ses applications.

Aussi à quoi bon à tout prix tout comprendre ? Au sujet du mystère de la Sainte Vierge, le père Bourdaloue considère que « demander comment et pourquoi ce prodige, ce serait le détruire. » À le suivre, percer celui du monde ne serait-ce pas se priver du bonheur de se laisser transporter par le talent d'un grand illusionniste ?

Du même auteur

· *Rivages de l'existence*, poésie, coll. Mot à mot, éditions La lyre et la licorne, 2006, Prix Prométhée du Centre européen pour la promotion des arts et des lettres, poèmes ayant reçu le premier prix de la ville de Calais.

· *Rwanda, 13 mai 1994. Un massacre français ?*, essai, éditions Aviso/L'Esprit frappeur, 2012

· *Bisesero. Le Ghetto de Varsovie rwandais*, essai, éditions Aviso, 2014.

· *La Malicieuse Revanche d'un souffre-douleur*, roman, éditions Fayard-Mazarine, 2017.

· *Fréquence maths*, mathématiques, coll. de 5 titres, éditions Equavisio, 2021.

Illustration de couverture :

à partir de la gravure d'Henry Courtney Selous
Hamlet (Meister Drucke-135182)

Conception graphique et mise en page :

Anne-Cécile Bobin

VALENSIN
DAVID REINHARC

19 rue de Miromesnil – 75 008 Paris
davidreinharc.editions@gmail.com

ISBN : 978-2-37426-060-0

Achevé d'imprimer en novembre 2021
Dépôt légal : novembre 2021

Ce livre a été imprimé
en France par **ICN**

Zone Industrielle des Saligues
98, rue Louis Rabier
64300 Orthez

05 59 69 77 80
icn@imprimerie-icn.fr